L'Homme de la passerelle

De sa chambre, une femme assise guette un homme. D'une passerelle, un homme marche vers cette femme. Tout pourrait être simple, beau, pur, si l'héroïne n'avait un besoin compulsif de mentir. Enfant, sa compulsion, son TOC, était l'obsession du rangement : tout, toujours, devait être à sa place, c'est-à-dire continuellement déplacé. Jusqu'au jour où ses parents décidèrent de coller les objets de sa chambre de façon à ce qu'on ne puisse plus les bouger. Le TOC disparut. Pour revenir sous la forme du besoin de tout noter, de tout consigner. Après une fausse histoire d'amour avec un architecte, l'héroïne s'est installée en province, dans un prieuré, et de sa fenêtre regarde l'homme de la passerelle. Avec ce mystérieux personnage, qu'elle commence à aimer, naît un autre TOC, beaucoup plus grave et dangereux : l'irrépressible besoin de mentir, et dans ce cas, sans doute, de détruire. Que faire, alors, quand le jeu cesse d'être un jeu, quand le drame s'immisce entre la vérité et le mensonge ? Que faire pour aller au bout de soi-même ?

Isabelle Jarry est docteur en biologie végétale et licenciée en lettres classiques. Elle a publié, entre autres, une biographie de Théodore Monod et un récit de voyage. L'Homme de la passerelle *est son premier roman.*

Du même auteur

Théodore Monod
Plon, 1990
et Payot, 1993

Mémoires d'un naturaliste voyageur
Agep, 1990

Voyage au Ténéré
Plon, 1991

René Caillé
Lattès, 1992

Isabelle Jarry

L'Homme de la passerelle

roman

Éditions du Seuil

L'auteur remercie pour son soutien
l'Association d'Art de la Napoule.

TEXTE INTÉGRAL

EN COUVERTURE :
illustration Götting

ISBN 2-02-022838-6
(ISBN 2-02-017783-8, 1re publication)

« … et moi je reste vaillamment debout sur la passerelle cependant que mon vaisseau coule. »

Jean Dubuffet, lettre à Pierre Bettencourt,
2 octobre 1956

1

Quand j'étais petite, j'avais un TOC. Je veux dire que j'avais un problème de rangement. On appelle ça un TOC. Je ne supportais pas que les choses ne soient pas rangées, je ne supportais pas le moindre désordre. Je rangeais ma chambre dix fois, vingt fois par jour. Il ne faut pas croire pour autant que j'étais très désordonnée, au contraire, je la rangeais même si elle était en ordre. C'était une obsession de rangement, de celles que certains médecins considèrent comme une vraie maladie. Ce sont eux qui ont appelé ça TOC, pour trouble obsessionnel compulsif. On rit souvent des gens qui ont une obsession, ou un tic. Mais un TOC c'est très différent, personne n'en rit, parce que personne ne le sait. Je faisais partie de la catégorie des rangeurs, ce qui finalement n'est pas ce qu'on fait de pire, car il y a aussi des vérificateurs et surtout des laveurs. Des gens qui se lavent vingt fois par jour, qui croient toujours qu'ils sont sales, même quand ils sont absolument propres. C'est certainement le TOC le plus classique. Moi je ne pouvais m'empêcher de ranger, je rangeais tout, sans arrêt, je classais, je notais, je mettais les objets dans des boîtes, je les replaçais chaque jour sur les meubles, à leur place exacte, je vidais les tiroirs et je les rangeais de nouveau. Je ne supportais pas qu'une chemise dépasse de la pile des chemises, ou qu'un chandail ne soit pas plié comme les autres. Toutes mes chaussures étaient alignées, le bout du talon posé sur une ligne du parquet. Les crayons sur ma table, les livres sur les rayonnages de la bibliothèque, les meubles de ma chambre, tout devait être rigoureusement à sa place. Tous ces rangements me prenaient énormément de temps. A part ça, la maladie était absolument indolore. J'ai connu un garçon dont le TOC était de s'arracher les cheveux ou les poils, tout le temps. Dès qu'ils repoussaient, il les arrachait de nouveau. Ça lui faisait mal, mais il ne pouvait pas s'en empêcher. C'est le principe du TOC. On ne peut pas faire autrement. Je savais bien que c'était insensé de tout ranger comme ça, mais cette idée fixe hantait mon esprit en permanence et je ne pouvais absolument pas m'en débarrasser. Il fallait à tout prix que je le fasse. C'était pour moi une sorte de rituel, que je répétais comme une formule magique, destinée à me protéger d'une catastrophe qui se serait inévitablement produite si j'avais arrêté de ranger.

Le TOC est une maladie très commode, en ceci qu'elle ne se voit pas. C'est une pratique exclusivement solitaire. Ainsi, jamais devant d'autres gens je ne rangeais, et quand mes parents recevaient des amis, je me comportais exactement comme on l'attend d'une petite fille bien portante et saine d'esprit. Ce n'était que seule dans ma chambre que je me livrais à mes invraisemblables obsessions. De même, à l'école, jamais l'institutrice ne remarquait quoi que ce soit qui pût lui faire supposer une quelconque anomalie. J'étais une élève appliquée et sérieuse, plutôt douée même. J'obtenais chaque mois d'excellents résultats, j'étais aimée de mes camarades, et les religieuses qui dirigeaient l'école me décernaient souvent le premier prix de camaraderie. Mes parents se gardaient bien de divulguer autour d'eux un secret qui ne leur aurait attiré que regards surpris et compatissants, dans le meilleur des cas.

Cette maladie masquée, dont personne ne connaissait l'existence, tant elle se dissimulait sous l'apparence d'une normalité rassurante, a duré deux ou trois ans. Je n'avais presque plus le temps de faire mes devoirs, sans compter le piano, que j'avais dû abandonner très vite. Je commençais à me refermer sur moi-même, trop isolée dans un cycle infernal que je ne pouvais faire partager à personne et dont je ne parlais jamais. De plus en plus souvent, il me fallait inventer des prétextes pour ne pas me rendre aux fêtes que donnaient mes petites amies, car il m'était devenu pénible de rester inactive plus de quelques minutes. S'il se passait quelque chose qui m'occupait, comme la classe, un jeu, une activité manuelle ou un film passionnant, je ne songeais plus à mon

TOC et me concentrais sur ce que j'étais en train de faire. Mais, dès que je cessais de fixer mon esprit, l'obsession me reprenait et je devais rentrer chez moi au plus vite.

Un jour, je suis entrée dans ma chambre et, lorsque j'ai voulu ranger mes affaires, je me suis aperçue que tout était collé. Mes livres étaient collés aux étagères, mes vêtements étaient collés les uns aux autres et les piles collées dans l'armoire, mes stylos étaient collés à ma table, mes chaussures collées sur le plancher, mes jouets collés dans leur coffre, tout était irrémédiablement fixé dans sa position idéale. Mon père avait passé plusieurs heures à coller ainsi mes affaires. Pas le moindre petit objet n'y avait échappé.

Mon TOC a disparu du jour au lendemain. Mes parents ont fermé ma chambre à clef et m'ont installée dans une autre pièce. J'ai repris le piano et j'ai enfin pu me replonger dans les livres. Je n'avais plus rien lu depuis le début de cette maladie. Personne – pas même moi – n'a vraiment compris ce qui s'était passé. Du jour où j'ai été guérie, mes parents n'ont plus fait allusion à ce TOC.

2

Ce que je vois par la fenêtre me fait regretter ma chambre du prieuré. Ici, ce ne sont que bordures de toits et antennes de télévision, gouttières sales, cheminées plantées n'importe comment. Pas d'arbres, si ce n'est un vieux platane aux branches tordues, ornées de feuilles flottant mollement dans la brise d'été. Le ciel occupe la plus grande partie du cadre ouvert par la fenêtre sur le mur de la chambre. Mais il n'est pas aussi bleu qu'au prieuré, pas aussi pur. La vue que l'on a de cette fenêtre est certainement la plus décevante qu'il m'ait été donné de contempler. Et, clouée comme je suis sur mon lit, je ne peux élargir le champ de ma vision. Je doute d'ailleurs qu'il y ait mieux à voir alentour.

Je suis montée très tôt cette année au troisième étage du prieuré. D'habitude, j'attends que les beaux jours soient revenus, mais cette fois j'ai rejoint mon perchoir dès le début de mai. Il faisait encore froid, la campagne commençait tout juste à sortir de ses bouderies et de ses frissonnements d'hiver. La chaleur des pièces du bas montait à peine jusqu'au dernier étage. Le prieuré est une grosse bâtisse, flanquée d'une tour élevée dans laquelle s'enroule un escalier. Les pièces, vastes et très hautes de plafond, s'empilent les unes sur les autres, au-dessus de deux étages de caves. Elles donnent toutes sur l'escalier qui joue le rôle d'un couloir vertical, incontournable depuis plus de huit siècles. A l'arrière de la pièce du premier étage s'ouvre une porte par laquelle on entre dans une petite chapelle romane, voûtée, d'où l'on accède à une courette pavée de dalles claires. Une porte pratiquée dans le mur d'enceinte de cette cour ménage une sortie par l'arrière du bâtiment. Les murs sont épais, faits de pierre de Bourgogne taillée en larges blocs.

Après plusieurs mois de froid et de vent passés dans la pièce du premier, devant la cheminée, je remonte au troisième, sous le toit. J'aime cette chambre, c'est celle de la maison où je me sens le mieux. Des fenêtres on voit le clocher, énorme, comme pris sous une loupe, et le grand beffroi qui se dresse comme un long séquoia de pierre. Le prieuré touche presque l'église, il n'en est séparé que par une petite ruelle. De cette église construite au douzième siècle ne subsiste d'origine que le clocher, bâti dans le pur style roman. Octogonal, avec deux étages d'ouvertures, les unes simples à arches arrondies, les autres à colonnettes de pierre qui fendent en son milieu la fenêtre gardée par des têtes sculptées qui surgissent de la pierre, tantôt menaçantes tantôt souriantes.

Du premier étage de fenêtres part une passerelle qui relie le beffroi au clocher. Autrefois, c'était un pont de bois aux rambardes en croisillons que l'on a remplacé, à l'époque où Eiffel triomphait avec sa tour de trois cents mètres, par une construction métallique très simple. Le fer a pris la teinte rouge sombre de la vieille rouille. Dans le clocher, une cloche sonne chaque heure deux fois et marque les demi-heures d'un coup unique qui résonne pendant quelques secondes. L'inexorable battement de ce cœur de fonte ne manque jamais un rendez-vous ; de jour comme de nuit la cloche découpe le temps obstinément, sans jamais faillir. Il faut dire qu'un mécanisme électrique, offert à l'église par un veuf en mémoire de son épouse défunte, commande le déclenchement des sonneries. Du prieuré, l'on reçoit comme un choc le bruit de lourd métal frappé, si proche qu'il fait sursauter, lorsque par hasard on se penche à la fenêtre au moment où retentit l'éclatant fracas de gong.

Souvent j'ai maudit cette cloche, dont l'exaspérante régularité ne laisse aucune place à la fantaisie, aucun repos à l'oreille. Maintenant je la regrette, et les bruits des véhicules qui passent sous la fenêtre me font apprécier rétrospectivement le son clair de ses volées. Je déteste plus particulièrement les mobylettes, lorsqu'elles démarrent. Ici, presque aucun chant d'oiseau, mais pas de vrai silence non plus. Les murs de ma chambre sont d'une couleur jaune clair écœurante, et l'odeur d'éther et d'alcool qui flotte dans les couloirs se répand dans la pièce dès qu'une infirmière ouvre la porte. Je voudrais me lever mais je crois en être incapable.

3

Un jour de juin que j'étais accoudée à la fenêtre et que je regardais les toits, j'ai vu un homme traverser la passerelle, du clocher au beffroi. C'était la première fois que je voyais quelqu'un emprunter cette passerelle, je ne savais même pas qu'elle était encore en service. Quelques jours plus tard j'ai revu le même homme passer. Je l'ai reconnu, il portait les mêmes vêtements. Je me suis demandé ce que cet homme allait faire dans le beffroi, et pourquoi il passait par là. Puis, en guettant un peu plus attentivement, je me suis aperçue que lorsqu'il traversait la passerelle, c'était toujours à la même heure, tôt le matin. Mais jamais je ne le voyais ressortir du beffroi. Bientôt l'homme est venu tous les jours. Je l'apercevais au moment où il surgissait de l'escalier qui monte dans le clocher, juste avant qu'il ne débouche sur la petite plate-forme au-dessus de laquelle est suspendue la cloche et qu'il s'élance, silhouette fugitive qui franchissait la fine passerelle avec légèreté, comme une tourterelle coupe le champ de vision, trace claire dans le ciel, mouvement imprécis que l'on saisit du coin de l'œil. Je songeai tout d'abord à un ouvrier, qui serait venu faire des réparations dans le beffroi, puis à un jeune séminariste qui aurait souhaité prendre un peu de hauteur en grimpant au sommet du clocher. Mais l'homme ne ressemblait à rien de cela, et sa désinvolture, son pas à la fois sûr et aérien éloignaient l'idée d'une présence intentionnelle. On aurait dit qu'il passait là par hasard, qu'il survolait la passerelle. En quatre ou cinq enjambées il l'avait franchie, peut-être même sifflotait-il intérieurement, comme font les gens qui sont si détachés des choses qu'ils ne se rendent même pas compte qu'elles existent.

4

De mon TOC j'ai quand même gardé des séquelles, mais on ne s'en est rendu compte que bien plus tard. Après l'histoire de la chambre collée, je me suis désintéressée des objets. Les vêtements, les chaussures, les meubles, les jouets, les livres, tout ça ne m'importait plus. Au bout de quelques mois, j'ai commencé la collection des petits carnets. Je les achetais par trois dans une librairie près de la maison, toujours les mêmes, le même modèle, le même quadrillage, la même marque. Seule la couleur de la couverture variait. Et ensuite je remplissais ces carnets. J'établissais des listes. J'énumérais, je dénombrais, j'alignais des colonnes de noms d'animaux, de prénoms, de villes, de chiffres que je classais selon des critères très variables. La même liste donnait naissance à des sous-listes, selon les classements il pouvait y en avoir dix ou vingt, parfois plus.

Contrairement aux TOC, ma passion des carnets n'était pas inéluctable. Je réussissais à m'en passer. Je pouvais très bien rester un ou deux jours sans les ouvrir et sans rien écrire dedans. C'était juste un passe-temps, un loisir qui me plaisait, me délassait. Quand j'écrivais dans ces carnets, je me sentais très calme et sereine. Tout le monde à la maison était content. Jusqu'au jour où ma mère les a trouvés dans un tiroir de mon bureau. Elle s'est alors beaucoup alarmée et a cru que j'avais un nouveau TOC. J'ai eu un mal fou à la convaincre de ne pas les jeter, je lui ai expliqué que j'avais besoin de ces listes, que je prévoyais d'écrire une pièce de théâtre pour le lycée et que les listes constituaient un travail préparatoire très important. Ma mère ne voulait rien entendre, mon père parlait même de me conduire chez le psychiatre. Ils étaient vraiment furieux. Finalement, j'ai réussi à les calmer et j'ai même pu récupérer mes carnets. Je les ai emballés par cinq dans du papier kraft et j'ai scotché les paquets. Je les ai rangés dans un autre tiroir et j'ai commencé à écrire cette fameuse pièce de théâtre que j'avais inventée pour me tirer d'affaire. Évidemment je ne me suis pas servi des listes, qu'aurais-je pu en tirer ?

Je n'aurais jamais pensé qu'il était si difficile d'écrire une pièce de théâtre. Cela m'a pris au moins deux mois. Mais j'étais bien obligée, mon père ne plaisantait pas avec ses histoires de psychiatre, il avait vraiment l'intention de m'emmener chez les fous. Pendant tout ce temps, je n'ai rien écrit dans mes carnets, je n'avais plus le temps, et je dois dire que j'avais un peu peur de le faire. Quand la pièce a été écrite, je l'ai montrée à mes parents, qui se sont regardés d'un air perplexe. J'avais raconté l'histoire d'un homme collectionneur, sauf qu'il ne collectionnait pas une seule sorte d'objets, il ramassait absolument tout, et la pièce commençait au moment où il lui fallait déménager parce que sa maison était devenue trop petite pour ranger tous ses objets. Mes parents m'ont conseillée de faire lire ma pièce de théâtre au professeur de français du lycée. Ce que j'ai fait. Ce professeur – c'était une femme – a trouvé ma pièce très drôle, mais elle m'a dit que le texte était trop bizarre pour le faire jouer par des élèves de cinquième. Elle n'arrivait pas à m'expliquer pourquoi. Elle répétait : « Non, ce n'est pas possible, c'est trop loufoque, on ne peut pas jouer ça, les gens ne comprendront pas, c'est vraiment une histoire bizarre, tu comprends, c'est dommage, mais c'est beaucoup trop loufoque. » Après tout, je m'en fichais de cette pièce. Il aurait encore fallu la mettre en scène avec les élèves de l'atelier théâtre... J'étais débarrassée de cette corvée. J'ai repris mes listes, tranquillement.

5

J'aime regarder par la fenêtre. La fascination répétitive qu'exerce une fenêtre, précisément peut-être à cause de la vision identique que l'on y retrouve chaque fois, touche la plupart des gens. Qui ne regarde jamais par la fenêtre, par sa fenêtre ? Je ne me lasse jamais de ce voyage à travers un morceau de paysage que je connais pourtant par cœur. Ce qui a changé, même provisoirement, le passage d'un piéton, le tournoiement d'un rapace au ciel, de nouveaux rideaux à une fenêtre, l'éclosion d'un rosier, les teintes que prend la nature au cours des saisons, tout cela apporte au tableau un élément de variation que j'observe avec grand intérêt, aussi minime soit la différence avec l'image de base.

J'ai eu, à Paris, de merveilleuses fenêtres. En ville, le passage des voitures, des autobus, des taxis, le manège incessant des piétons, des chiens, le clignotement des enseignes lumineuses, le foisonnement de la vie urbaine offrent un véritable spectacle dont l'image est constamment animée, comme dans ces petites lunettes d'enfant où, au fond d'un tube de carton, défilent des scènes de poursuite, une image succédant rapidement à l'autre en un cycle indéfiniment renouvelé. La campagne permet moins de ces variations trépidantes, mais elle accorde à l'œil un repos bienfaisant, de larges surfaces immobiles de prairies, mouchetées de vaches au pas lent, des arbres au feuillage agité par le vent, des maisons silencieuses et que l'on dirait inhabitées. Ici, je n'ai rien de cela. Je ne peux m'approcher de la fenêtre, encore moins m'y pencher. Et comme je suis allongée sur le dos, mes yeux contre-plongent vers le ciel, uniforme et sans intérêt. Je les ferme et j'imagine que je suis à une autre fenêtre. Celle du dernier étage du prieuré, la plus familière.

J'imagine qu'il vient de pleuvoir et que la pluie a purifié l'air et dégagé les collines qui entourent le village. Les formes se découpent avec une précision parfaite, les couleurs ressortent, bien nettes, aveuglantes de pureté, et les contours des objets, des arbres, des toits, des maisons se dessinent sur fond de ciel bleu comme tracés sur le calque par la main sûre d'un architecte. Le village m'apparaît, tel une couvée de poussins groupés autour du prieuré et de l'église, dont seuls le beffroi et le clocher dépassent ma tour en hauteur. Des maisons je vois les toits serrés les uns contre les autres en un enchevêtrement de pentes recouvertes de tuiles rouges, orangées, grisées, dont les teintes se fondent pour former un camaïeu presque animal, peau de lézard aux écailles changeantes, piquetée çà et là des points jaune vif ou noirs des lichens desséchés. Face à moi, légèrement sur la gauche, se dresse le beffroi de pierre blanche et froide, au cœur des toits couleur de chair, et le clocher, plus gris, dont on sent l'âge et la bonté, celle de s'inclure dans la masse, solidaire des maisons, fait de la même matière. La passerelle traverse mon panorama à hauteur d'yeux, court trait horizontal posé en l'air, sans justification. Après la pluie, j'ai l'impression que je pourrais la toucher tant elle me paraît proche. Les quelque trente mètres qui me séparent d'elle sont d'air si transparent, si fluide que la distance semble gommée, absorbée par un curieux effet de compression.

J'ouvre les yeux et s'offre à moi la vision du carré de ciel crasseux ; que fait-on dans cette ville pour que le ciel y soit si sale ? Je me sens fatiguée, mon dos me tire, là où mes muscles sont froissés. Je ramène mes jambes sur le côté, je les plie et je me tourne sur le côté, face au mur couleur de crème anglaise. Je sens le sommeil s'étendre sur moi doucement.

6

Peu à peu, je suis devenue obsédée par cet homme qui le matin franchissait la passerelle. J'avais renoncé à savoir pourquoi il entrait dans le beffroi, et ce qu'il allait y faire, mais je ne pouvais m'empêcher de le regarder. Chaque matin je m'installais devant la fenêtre vers huit heures et demie, ma tasse de thé à la main, et j'attendais. Peu avant neuf heures, il apparaissait. Je n'ai pas tout de suite compris ce qui me plaisait tant dans cette vision si courte, mais jour après jour les sensations que me procuraient son image se sont précisées et les souvenirs d'autres lumières matinales me sont revenus en mémoire. Le guet que je faisais m'a rappelé une autre fenêtre, lorsque j'habitais Paris, en face d'un immeuble en construction.

Tous les matins, à l'heure où le chantier commençait, je prenais deux photos, toujours les mêmes, chacune dans un axe différent. Chaque jour, de nouveaux détails apparaissaient, de nouvelles cloisons s'élevaient, des plafonds, des planchers prenaient place, la grue tournait sans cesse, des camions arrivaient, chargés de sable et de gravier qu'ils déversaient en faisant basculer leur benne, la bétonnière s'activait, les hommes, coiffés de casques bleus ou jaunes, me saluaient. Je les voyais, tout petits sur ce grand chantier, je les reconnaissais peu à peu, le grand avec un maillot blanc, le contremaître avec sa chemise écossaise aux manches roulées sur les avant-bras, le Noir aux belles épaules découvertes qui souriait toujours, le grutier, le petit gros dans la cabine qui pelletait le sable à longueur de journée, et tous ceux qui travaillaient sur la façade la plus proche de chez moi.

L'homme de la passerelle m'a rappelé soudain les ouvriers que je regardais évoluer sur la vaste plate-forme du chantier. La régularité de son passage, l'aspect fragile de cette passerelle m'ont évoqué l'activité qui régnait alors en face de chez moi : de petits hommes jouant avec d'énormes éléments, lourds et dangereux, faits de matériaux hostiles, comme les fers à béton, les grosses banches rouges, la bétonnière, énorme insecte qui crachait une bave gluante et épaisse, accrochée au câble de la grue. Le grutier me fascinait. Chaque matin, je le voyais grimper les degrés de l'échelle qui le menait tout en haut de la grue, entrer dans sa cabine dont il ne ressortirait pas avant plusieurs heures. Arrivé en haut des échelons, et juste avant de s'enfermer dans son petit réduit transparent, il me faisait un signe de la main. Je lui répondais par un large salut du bras.

C'était l'époque de l'architecte, et si je m'intéressais tant à ce chantier, c'est que je venais de découvrir le monde du bâtiment et de la construction.

Je me suis surprise à repenser à cet architecte, dont je ne m'étais plus souvenue depuis mon arrivée au prieuré. C'était à lui que me faisait penser l'homme de la passerelle, par une foule de petits détails et d'analogies détournés, à travers un brouillard de sensations anesthésiées que j'avais du mal à faire venir à la surface tant elles me dérangeaient, tant j'avais peur qu'elles ne me replongent à nouveau dans ce que j'avais fui de la façon la plus brutale.

J'avais rencontré l'architecte un jour de soleil et d'insouciance, dans un de ces mariages du bord de mer, en mai, lorsqu'il fait déjà beau et que les plages sont encore vides de vacanciers. Je le retrouvai un soir de décembre, à Paris, autour d'une table de jeu, dans un appartement du boulevard Saint-Germain. D'autres jouaient, nous parlions, peut-être dansions-nous. Nous avions pris rendez-vous pour le lundi suivant. Il faisait ce jour-là un temps froid et sec, avec un ciel d'un bleu intense et une pureté de l'air qui donnait envie de respirer très fort. Tout était lumineux, radieux. La place Saint-Sulpice brillait dans la lumière, l'église resplendissait et de jolies femmes passaient en courant, des paquets à la main, leurs chevelures rousses ou blondes miroitant au soleil. Le temps passait, les heures filaient, légères et douces, nous ne nous souciions pas des courants d'air qui nous glissaient sur les jambes, il me parlait d'architecture, il était déjà près de quatre heures. Nous poursuivîmes la semaine suivante dans un autre lieu du même quartier, où l'on boit des chocolats rehaussés d'épaisses couches de crème fouettée, en dégustant de petits Strudel saupoudrés de grains de pavot. Il nous semblait que jamais ne s'épuiseraient les incalculables réserves de ce que nous avions à nous dire.

Il fallut reprendre rendez-vous, plus rapidement cette fois, et dans un lieu plus calme. Un musée fut choisi, je ne sais plus lequel, tant nous en visitâmes dans les semaines qui suivirent. Nous parlions d'un livre, d'un auteur aimé ; le lendemain je trouvais dans ma boîte aux lettres un petit volume glissé dans une enveloppe, sans un mot. Nous ne nous téléphonions jamais, chaque rendez-vous était pris à l'avance, au moment de se séparer. Ainsi emportions-nous l'un et l'autre la bienfaisante certitude de notre prochaine rencontre.

7

J'aurais dû me douter que mes parents ne resteraient pas inactifs et qu'ils tenteraient quelque chose. Il y avait quelques semaines que j'avais terminé ma pièce de théâtre lorsque mon père entra dans ma chambre, un samedi matin. Il dit :

– J'ai pris rendez-vous chez un médecin jeudi prochain. J'aimerais bien que tu viennes avec moi.

Je répondis, plutôt surprise, que je n'étais pas malade. Mon père, très calmement, poursuivait :

– Il est très sympathique, ce médecin. Je pense qu'il te plaira.

Je compris qu'il n'y avait rien à dire, mais je n'aimais pas du tout ça. Mes parents conspiraient contre moi, c'était clair. Il me vint à l'esprit que j'avais écrit cette pièce de théâtre pour rien... Le jeudi après-midi, nous nous retrouvâmes, mon père, ma mère et moi, dans le cabinet du médecin. C'était une vaste pièce agréable, qui donnait sur un jardin. Tout était un peu trop bien rangé et le silence un peu trop silencieux. Le médecin avait un visage carré, entouré d'une couronne de cheveux blancs. Il souriait, gentiment.

– Alors, commença-t-il, on m'a dit que tu rangeais beaucoup avant, mais que maintenant c'est terminé...

Les traîtres ! Ils lui avaient raconté mon TOC. Je ne répondis pas.

– Est-ce que, parfois, tu retournes dans ton ancienne chambre ? demanda-t-il, l'air très intéressé.

Je rêvais ! Ils lui avaient dit ça aussi... Et tout à coup, je compris. Au coup d'œil que mon père lança au médecin, je sus que non seulement ce bonhomme savait tout, mais qu'il était même certainement à l'origine de la chambre collée. C'était sans doute lui qui avait conseillé cette méthode à mon père, et la thérapie avait marché au-delà de toute espérance. Je sentis le danger, la force de cet homme au sourire charmeur. Aussitôt je réagis. Il ne m'aurait pas comme ça ! Mes parents, assis à mes côtés, s'étaient tournés vers moi et me dévisageaient d'un air stupide. Je dis, d'une voix détachée :

– Non, je n'y vais jamais. Pourquoi ? Vous pensez que je devrais ?

Et je fis un large sourire en regardant le médecin bien en face, tout en pensant que, si je n'y allais pas, c'était tout simplement parce que la porte était fermée à clef. J'entendis mes parents soupirer, soulagés (ne se souvenaient-ils pas qu'ils avaient verrouillé la porte ?), et le médecin reprit :

– Pas du tout ! C'est très bien ainsi. A propos, pourquoi est-ce que tu rangeais tout comme ça ?

Ce type ne me plaisait pas du tout, j'avais l'impression qu'il me prenait pour une idiote. J'affichai tout de même mon air le plus innocent.

– Mais, monsieur, c'était il y a longtemps, j'étais petite, je ne me souviens pas. Et puis, c'est fini maintenant, je ne le fais plus du tout.

Le médecin se tourna vivement vers mes parents, il regarda ma mère d'abord, puis mon père, et déclara :

– Je crois que cette petite fille va très bien. Vous n'avez aucune raison de vous inquiéter.

Je jubilais intérieurement. Mes parents se tortillaient sur leurs sièges, ils ne savaient pas s'ils devaient se lever, jugeant sans doute l'entretien un peu court, mais déjà le médecin tapotait son bloc d'ordonnances et ouvrait son gros stylo-plume pour rédiger la feuille de soins. Depuis ce jour, j'ai toujours conservé en mémoire les paroles du médecin et les miennes. Des années plus tard, j'ai compris que, si je m'étais si bien souvenue de notre dialogue, c'est qu'il avait été incroyablement expédié. Le médecin était-il un psychiatre ? Je ne le sus jamais, mais j'ai fini par me persuader que c'était plutôt un généraliste, tout au plus un pédiatre. Jamais un psychiatre ne s'y serait pris de cette façon. Celui-là avait dû mal juger mes parents lors de leur première visite et ne voir en eux que des anxieux qui s'effrayaient pour rien. L'idée de coller mes affaires était absurde, il avait eu beaucoup de chance que cela réussisse. Quant à notre rencontre, outre qu'il aurait dû chercher à me voir dès le début, elle lui avait suffi pour conclure, à ma seule vue, que j'étais en parfaite santé. Ce qui prouve à quel point il était peu fin psychologue, puisqu'une maladie comme le TOC ne se voit pas.

En fait, mes parents n'avaient certainement pas osé consulter un psychiatre, de peur qu'il ne leur révèle ce qu'ils craignaient d'entendre. Ils s'étaient contentés de voir un brave docteur au bon sens inébranlable, qui ne risquait pas de chercher à en savoir plus. Leur attitude, dictée par l'inquiétude et la frayeur, me profitait beaucoup plus que je ne le pensais. Là où je voyais le danger, il n'y avait que bond de côté pour mieux échapper à l'obstacle. Un autre médecin, plus perspicace ou compétent, m'aurait facilement découverte. Le docteur aux cheveux blancs me renvoya chez moi avec une petite tape dans le dos, salua mes parents d'un sourire indulgent et referma sa porte sur nous, levant certainement, une fois seul, les yeux au ciel en étouffant un rire.

8

Il me semblait avoir tout oublié et voilà que l'homme de la passerelle faisait resurgir du fond de ma mémoire d'étranges images, d'une clarté étonnante. Ses apparitions quotidiennes me portaient invariablement à l'évocation de l'architecte. Les analogies que j'avais cru percevoir au début entre la passerelle et la grue du chantier ne suffisaient pas à expliquer le curieux phénomène qui me faisait passer de l'état d'amnésie presque totale à de si précises réminiscences. Je voyais l'homme passer, et un pan de souvenirs s'abattait, sans que rien ne m'y ait préparée. On aurait dit qu'une main invisible avait remonté un mécanisme et que toute l'histoire reprenait du début. Comme arrivées d'un puits très profond, d'un long tunnel obscur à la noirceur épaisse, les images surgissaient de ma mémoire, tellement inattendues que j'hésitais parfois à les reconnaître. Il me semblait pourtant avoir jeté la plupart des détails et voilà que ce qui pouvait tenir en une seule phrase se dissipait, se délayait tel une goutte de teinture dans une vasque d'eau.

En ce début de mois de décembre, j'allais très bien. L'été avait été tumultueux et l'automne indécis. Mais l'hiver me redonnait une énergie que je tirais de je ne sais où, certainement pas de mes activités, car alors je ne faisais pratiquement rien. Je passais mes journées à lire, parfois je sortais dans la ville, au hasard. J'avais remis mon manteau rouge et je traînais des heures dans le froid, le long de la Seine. L'architecte donna un sens à ma vie. Je partis avec lui à la découverte des lieux magiques que sont les musées. Non que je n'y aie jamais mis les pieds auparavant, mais certainement pas à ce rythme. Nous en visitâmes plus de dix avant Noël. Je me passionnais pour toutes les peintures, statues, affiches, vaisselles, maquettes, tapisseries, tous les meubles, tous les dessins, croquis, fusains, gravures et autres estampes, tous les marbres et les ors, mais plus encore que tout cela, je m'enthousiasmais pour la personne de l'architecte au-delà de toute limite. Sa seule présence me comblait.

Je me sentais libérée de bien des poids, je ne collais plus de tickets de métro dans mes carnets, je ne faisais plus de listes, je ne comptais même plus dans ma tête, et ce fut seulement à la fin du mois de décembre que je réalisai que, depuis notre première rencontre, nous nous étions vus au rythme d'une suite d'ordre n+1 : une fois la première semaine, deux fois la deuxième semaine, trois fois la troisième semaine et quatre fois la quatrième. Nous étions en train de rompre la série lorsque je m'en aperçus. Heureusement, Noël vint mettre un terme à notre boulimie. Nous passâmes une heure au musée Rodin dans l'après-midi du 24, et je ne vis plus l'architecte jusqu'à la semaine suivante. Les fêtes, que je déteste, furent le prétexte de ce relâchement soudain. Le fait que l'étonnante suite de chiffres m'ait échappé en disait long sur ma santé. J'étais réellement en pleine forme.

Tout en marchant le long des murs ou au travers des salles des musées, nous nous racontions notre vie. Dès le début s'institua entre nous un jeu subtil qui nous faisait flotter dans une semi-réalité, ne dévoilant de nous-mêmes que certains aspects, les plus agréables sans doute. Nous avions délibérément, et sans concertation, rejeté derrière nous une foule de détails qui, sans pour autant nous importuner, nous paraissaient peu dignes d'intérêt. Chacun gommait de sa vie les passages qu'il jugeait sans valeur pour ne garder que les plus facétieux épisodes. Allions-nous jusqu'à nous inventer un passé ? Je ne crois pas. Mais le présent s'enjolivait de mille couronnes de fleurs que nous tressions à l'autre autant qu'à nous-mêmes. Nous nous racontions des histoires dans lesquelles nous reconnaissions les fables éternelles qu'inventent les complices, les amis et les amoureux. De grands pans de notre existence étaient soustraits à l'autre, et ce qui ne l'était pas passait par une sorte de moulinette qui le formait en lui donnant l'apparence reconnaissable d'un élément du tout, de l'histoire qui était la nôtre et que nous nous efforcions de rendre cohérente. De surprenants hasards nous y aidaient parfois, des collisions, des rencontres, des découvertes fortuites et qui renforçaient notre complicité grandissante. Certaines images, certains détails, des phrases codées et des repères connus de nous seuls nous conduisaient doucement, mais fermement, sur le parcours initiatique d'un culte mystérieux, l'un de ceux dont les membres ne peuvent communiquer les rites. Chaque rencontre était l'occasion de nouveaux prolongements, dans l'atmosphère propice des musées déserts, où nous avançions lentement, riant sous cape tels des écoliers.

Curieusement, plus je voyais l'architecte et moins j'avais l'impression de le connaître. J'en apprenais pourtant chaque jour un peu plus sur lui. Je m'expliquais mal cette sensation, même si je l'avais ressentie maintes fois, en particulier face à la peinture. Quiconque a tenté de progresser dans n'importe quel domaine connaît la désagréable impression que l'on éprouve souvent d'aller à reculons et particulièrement au moment où l'on croit s'être enfin sorti d'une ornière où l'on pataugeait depuis longtemps. C'est alors que l'on comprend combien sera long le chemin qui reste à parcourir. Jamais pourtant je n'avais ressenti cela à l'égard de quelqu'un. J'en étais d'autant plus troublée que l'architecte se livrait à moi sans apparente retenue. Mais que me disait-il réellement de lui ? Quelle image présentait-il à mes yeux amusés, curieux, conquis d'avance ? Je comptais sur le temps pour en apprendre davantage. Je comptais aussi sur ma perspicacité. En cela, je faisais erreur, car elle s'émoussait à grande vitesse, au fur et à mesure que j'entrais dans un monde dont l'invention devenait l'une des règles.

9

Cela faisait un peu plus de deux semaines que l'homme empruntait la passerelle, et il ne m'avait toujours pas remarquée. Du moins ne le montrait-il pas. Je doutais toutefois qu'il puisse ne pas me voir quand je le distinguais si nettement, mais je me méprenais, car un matin il m'a vue, et l'air de surprise qui s'est aussitôt peint sur son visage ne m'a pas trompée. C'était bien la première fois qu'il s'apercevait que je le regardais. Non que j'aie pu lire clairement son expression, mais il a marqué un très léger temps d'arrêt au moment où son regard a croisé le mien, puis il a traversé, plus vite que jamais. Cette connexion de nos deux existences a galvanisé mon envie d'en savoir plus. Je me suis mise à penser à lui sans arrêt. Je le trouvais beau, il se dégageait de lui une force, un équilibre que l'on sentait même à distance. Il portait un jean un peu trop large et une chemise grise ou blanche, selon les jours, aux manches roulées sur les bras. Il y avait dans sa démarche, pour le peu que j'aie pu en voir, la désinvolture de ceux qui avancent dans la vie sans craindre les obstacles. Son pas était leste, mais sa présence réelle, matérielle, presque terrienne, et seule son allure était légère lorsqu'il franchissait le petit pont qui reliait les deux clochers, à plus de quinze mètres du sol. Son passage était si bref qu'on l'aurait dit oiseau, mais la façon dont il coupait le ciel, telle une flèche à la trajectoire rectiligne et sûre, était celle d'un être qui ne connaît que l'horizontalité, la solidité de l'écorce terrestre. Son élégante silhouette entrevue quelques secondes chaque matin suffisait à mon imagination. Je me perdais en interminables descriptions mentales tant de son caractère que de ses activités, que j'inventais au fur et à mesure que le mystère de leur nature s'épaississait. Je mélangeais les traits que je prêtais à l'homme de la passerelle avec ceux de l'architecte que je retrouvais intacts, recouverts de plusieurs couches de naphtaline.

De la même façon, l'architecte portait en lui cette dimension tellurique qui le faisait ressembler à un géant des profondeurs sorti du magma intérieur, solidifié en roc, massif, lourd et terriblement résistant. Ses pieds s'ancraient au sol comme les montagnes enfoncent leurs racines dans le sein de la terre. Son corps était statue, dense comme le bronze, glissant comme le marbre, impénétrable comme le granit. Son cou soutenait sa tête, la portait, énorme boule lourde et compacte, au front volontaire de bison, à l'expression sévère de taureau en colère. Ses yeux, veloutés, adoucissaient son visage, s'étalaient en flaques liquides et douces sous les longs cils courbés, enfantins. Il avait, entre la bouche et le nez, une fine cicatrice qui séparait en deux l'espace contenu entre la base du nez et la bordure de la lèvre supérieure. Ce trait étroit, tracé dans l'enfance par quelque objet coupant, tirait légèrement sa lèvre vers le haut, mettant comme un sourire sur sa bouche que cette asymétrie rendait charmante.

Je ne distinguais pas précisément le visage de l'homme de la passerelle. Il me semblait harmonieux, mais je ne pouvais en apprécier les détails, que la distance brouillait et masquait d'un voile flou, pas plus que je n'avais distingué les visages des ouvriers du chantier. Ils m'étaient familiers sans pour autant m'être connus. Qui du grutier ou de moi avait fait le premier signe ? Il ne me semble pas l'avoir salué la première. Sûrement lui souriais-je et le suivais-je des yeux, mais le voyait-il, de si loin, concentré qu'il était sur les échelons de métal qui le conduisaient en plein ciel ? Je me souviens de son bras lancé vers le haut, comme un salut de funambule. Je riais en lui rendant son geste, mais il ne devait voir qu'une petite silhouette, encadrée dans une fenêtre, frêle tâche de couleur agitant la main. Sans doute n'aurions-nous rien eu à nous dire si nous nous étions trouvés face à face. Mais nous étions attachés à ce rituel du matin qui tissait entre nous un invisible fil tendu du haut de sa grue à ma fenêtre, par lequel circulait une amitié brute, mal dégrossie et instinctive, réconfortante.

De ma fenêtre, tout comme j'avais cherché la complicité des ouvriers du chantier, j'attendais un signe de l'homme de la passerelle, une manifestation de connivence… Je ne me sentais pas pressée, ma présence quotidienne à la fenêtre témoignait pour moi, je laissais le temps réduire l'écart de la distance et mon imagination s'imprégner de ce que je voyais, s'en saisir et s'en nourrir. L'attente m'apparaissait comme une douce violence à laquelle je me contraignais, par jeu, par peur ou par plaisir, je ne savais trop.

10

Assez tôt, j'ai commencé à dessiner, puis à peindre. J'avais treize ans peut-être. J'aimais beaucoup les couleurs des tubes de gouache, je les mélangeais, je les juxtaposais, je faisais côtoyer des nuances opposées ; toute cette alchimie me plaisait énormément. Je reçus pour un anniversaire une boîte de pastels et me découvris une passion pour cette nouvelle matière. Mais je manquais d'imagination. Je ne savais jamais quoi dessiner, ou lorsque je figurais une maison, des personnages, des animaux, cela me paraissait niais et sans intérêt. Ce que j'aurais voulu dessiner ne se dessinait pas. C'étaient la neige sur les toits de Paris, les lumières des couchers de soleil derrière la montagne lorsque nous allions en vacances à Pâques dans les Alpes ou les Pyrénées, les étalages du marché aux fruits et légumes multicolores, la laine moelleuse d'un chandail que j'aimais porter et toutes sortes de choses qui m'attiraient par leur beauté mais que je ne parvenais pas à représenter. J'étais toujours déçue du résultat lorsque je m'y essayais. La matière des pastels me donna l'idée des couleurs, et je ne cherchai plus à donner une forme au monde. Je tentai au contraire de n'en reproduire que les teintes, les harmonies et les nuances si subtiles. Je frottais les craies de pastel sur le papier et j'étalais ensuite avec les doigts la tache qui s'élargissait jusqu'à prendre une autre consistance, satinée, veloutée, douce comme une peau duveteuse que je rectifiais par petites touches superposées avec d'autres couleurs qui se déposaient comme un maquillage poudreux. On ne reconnaissait pas toujours ce que j'avais voulu figurer, mais ce que j'obtenais était souvent réussi, dans un genre très peu réaliste et même abstrait, très abstrait.

Les pastels m'occupèrent durant une longue période, à laquelle succéda l'aquarelle, à la suite d'un autre cadeau, de mon père il me semble. Je m'extasiais de ce qu'il existât des pinceaux, ces objets si légers, si fins et tellement indépendants. Leur personnalité m'enchantait. L'eau fut également une découverte. Je fis à peu près les mêmes représentations, mais avec une autre technique. Je voulais toujours montrer la neige, la mer, les fruits et les légumes et certains éléments naturels colorés, comme le bois ou la laine. Je crois que le reste ne m'intéressait pas. Je ne sais même pas si je m'inquiétais de la matière, de la peau des citrons comparée à celle des aubergines ou de la transparence du verre ajoutée à celle de l'eau qui bouge à l'intérieur. Je me noyais plutôt dans un océan irisé de mille nuances ravissantes, aux richesses toujours renouvelées. J'accumulais mes travaux tout comme j'alignais les uns après les autres sur les étagères de ma bibliothèque d'enfant les livres que j'avais lus.

11

Un jour que j'étais installée à mon petit bureau, à lire sans doute ou à bricoler Dieu sait quoi, avec le vent doux du matin qui s'engouffrait par la fenêtre et venait me caresser les cheveux, je sentis comme un appel d'air, une sorte de déplacement des molécules de gaz autour de moi. Je levai les yeux, l'homme était debout sur la passerelle, immobile, et me regardait. Absorbée dans ce que je faisais, je n'avais pas entendu la cloche, pas plus que je n'avais vu l'homme mettre le pied sur le petit pont. Depuis combien de secondes, de minutes attendait-il ainsi ? J'ai hoché la tête, en signe d'excuse et de bonjour, l'homme a souri et a franchi d'un pas le mètre que le séparait du beffroi. Mon cœur battait à toute vitesse, tant la surprise m'avait coupé le souffle.

Très vite, il s'est mis à me saluer. Il surgissait dans l'encadrement d'une fenêtre du clocher, mettait un pied sur la passerelle, s'immobilisait et s'inclinait légèrement dans ma direction, une main sur sa poitrine, puis il relevait la tête, me souriait et en deux autres pas disparaissait dans le beffroi. Je penchais un peu la tête sur le côté, moi aussi, et je remuais subrepticement la main, près de mon visage, en un petit mouvement, vraiment petit, comme celui que fait la reine d'Angleterre à la vitre de sa voiture, lorsqu'elle défile dans les rues de Londres. Cela se passait très rapidement, à peine quelques secondes, peut-être moins. Au début, cela me faisait un drôle d'effet, comme si l'on m'avait prise en faute. Mais en faute de quoi ?

Peu à peu, ce sentiment s'est estompé et nos gestes sont devenus plus naturels. L'homme n'a pas abandonné son salut de danseur, mais il y a ajouté un geste du bras, celui que font les hommes politiques quand ils sont en tournée électorale, qu'il exécutait assez spontanément, comme s'il répétait un imaginaire tour de chant. Je me suis contentée d'écarter légèrement la main de mon visage, passant insidieusement du royaume d'Angleterre à la principauté de Monaco, moins rigide. Mais tout cela restait extrêmement conventionnel.

12

Si au moins il y avait la mer, tout près, de l'autre côté de la fenêtre, je pourrais l'entendre de mon lit, sentir son parfum piquant de sel et d'algues humides, me laisser bercer la nuit par l'incessant ressac, la houle énorme.

Au prieuré, dans ma pièce du troisième étage, je m'allonge parfois sur le lit pour contempler la puissante ramure de poutres qui sous-tend le toit telle une grosse araignée de bois. Cela me rappelle les bateaux que j'admirais au port, l'été, lorsque enfant je m'exerçais à faire avancer un petit dériveur et que me semblaient fascinants les grands voiliers aux mâts de bois verni, étincelants de lumière et de fierté.

Je suis des yeux les gros madriers qui se croisent, se juxtaposent, s'enfoncent l'un dans l'autre pour former des angles, et ce tissu de lignes éveille en moi le souvenir de la belle goélette qui luttait contre la tempête, une nuit de traîtrise en Méditerranée. Je crois entendre le bruit du vent mugissant dans ses voiles, je crois voir, émergeant de l'épaisse nuit, sa proue bondir dans l'écume, sortir toujours plus vivement des masses d'eau sombre qui cherchaient à l'engloutir dans leurs gouffres voraces, sa coque se jouer des bourrasques par de brusques écarts, de vrais sauts de côté comme ceux que fait, un sourire aux lèvres, le comparse du lanceur de couteaux lorsque ce dernier a dévié son arme vers lui. Je songe aux cris des vagues, aux hurlements du vent, aux claquements des voiles déchirées d'un coup, des bois choqués, et je ferme les yeux pour voir apparaître sur le voile noir de l'image fictive que renvoient au cerveau mes nerfs optiques la mâture blanche des poutres qui scintillent comme autant de tubes de néon inscrits sur le fond de mon œil.

N'ai-je pas vu la mer depuis cette journée dérobée au monde, ce jour d'hiver où je partis avec l'architecte vers les plages normandes ? Ce voyage à la mer me semble à présent si loin, il m'apparaît comme un rêve doux et léger, de ceux qui s'estompent dès le réveil et ont disparu au lever. Avons-nous vraiment vécu cette journée ? Au sortir d'un musée, l'architecte avait dit : « J'ai rêvé que j'allais à la mer avec toi. » Nous vivions alors des jours où les rêves devaient prendre réalité, il ne suffisait que d'aller jusqu'à la mer, allons-y ! Il faisait froid ce matin-là, j'avais traversé Paris en vélo, et de l'autre côté de la ville je ne sentais plus mes mains à travers la fourrure des gants. Je m'étais ruée dans la voiture, une voiture qu'il avait empruntée, à sa mère sans doute.

Nous avons roulé jusqu'à Deauville. Nous ne parlions pas, unis par la complicité d'aller ensemble retrouver l'élément marin, si fascinant pour les habitants de la Terre. La Normandie a défilé sous nos yeux, morte et réfrigérée, silencieuse. Deauville était déserte, nous l'avons traversée à toute allure, excités comme des chevaux rendus au terme de leur course et sentant l'écurie. J'ai bondi hors de la voiture et me suis mise à courir, il m'a rattrapée, nous avons traversé la route qui longe la plage, sauté sur les planches, mis pied sur le sable, galopé jusqu'à l'eau, le plaisir nous enivrait, je sautillais, courais en tous sens, criais peut-être comme ceux de *L'Anabase* « la mer ! la mer ! », touchais l'eau glacée. Il me regardait, marchant calmement, souriant doucement. Nous ne disions rien encore. L'air était vif et froid, le soleil pâle et voilé de nuages laiteux, nous étions seuls sur la plage et devant nous la Manche s'étendait, grise et agitée, gonflée de force et de vie, immense. Le long de la promenade, toutes les baraques en bois peint de l'été étaient closes, seuls quelques restaurants attendaient d'hypothétiques clients venus passer les fêtes de fin d'année, Noël était déjà passé.

C'était un lundi, le dernier de l'année, le premier jour de cette semaine si étrange qui sépare Noël du jour de l'An. Semaine inconsistante, comme supplémentaire, où rien ne se passe jamais, où tous sont concentrés sur les fêtes passées et à venir, où personne ne songe à travailler vraiment, où aucune décision n'est prise, où l'on ne fait qu'attendre le 31 décembre. Nous sommes entrés dans un bar vide. La pièce était grande, peinte en blanc. Du plafond pendaient des guirlandes argentées, inutiles et dérisoires, et au mur étaient accrochées d'autres guirlandes, des bandes de papier doré et rouge, réunies par de gros nœuds. Près de la porte, sur une table, on avait installé un petit sapin de Noël, bien vert, avec les ornements d'usage, des boules et des guirlandes brillantes. Des tables étaient mises, avec des nappes blanches et des verres ballons. Un homme est venu vers nous, en traînant les pieds, qui nous apportait des cafés crème.

La mer était basse, laissant la plage largement découverte avec de grandes flaques et des cailloux. Nous avons marché le long de la mer, sur l'interminable bande de sable ; nous évitions les passages inondés pour ne pas mouiller nos chaussures. J'avais emporté un recueil de mes poèmes favoris, que je lisais à haute voix en marchant. Arrivés aux deux tiers de la plage, nous nous sommes assis, le sable était sec en apparence, mais au bout de quelques minutes l'humidité s'est fait sentir à travers nos vêtements. Au lieu de nous lever, nous sommes restés assis, ou plutôt allongés, sur un coude, comme on s'étend sur le sable en plein été. Je lisais des textes, sans les choisir, les prenant l'un après l'autre au hasard dans le livre. Lorsque j'arrivais au dernier mot je laissais passer une seconde avant de regarder l'architecte qui souriait et laissait échapper : « Un autre. »

L'heure tournait. Nous avons repris notre marche en sens inverse. Des fourmillements parcouraient nos articulations, nous faisant frissonner. La mer était de plus en plus loin, qui descendait encore. Nous nous dirigions vers le port de plaisance, caché, à l'autre extrémité de la plage, derrière une petite dune. A un endroit, la dune, bien que très basse, est escarpée et descend en pente raide jusqu'aux pontons, couverte de sable et de gros rochers gris et jaunes, qui émergent de la pente. L'inclinaison de la dune est telle qu'une fois assis, il suffit de se laisser aller légèrement en arrière pour rencontrer immédiatement le sol, qui forme un dossier moelleux. Confortablement enfoncés dans le sable, nous parlions à voix basse. Les voiliers se balançaient doucement, laissant échapper leur plainte solitaire, tristes d'être ainsi entravés, se répondant les uns aux autres dans le silence de l'air marin. Le froid nous saisissait doucement de ses mains invisibles. Au moment de nous relever, nous nous sommes trouvés si engourdis que nos jambes ont eu du mal à trouver leur assise dans le sable meuble qui fuyait sous nos pieds.

Je ne sais lequel des deux a poussé l'autre, à moins que je ne me sois accrochée à son bras pour ne pas tomber. Nous nous sommes retrouvés agrippés comme des forcenés, luttant pour nous faire tomber et rester debout à la fois, secoués par les rires. A terre, nous nous battions encore. Chaque fois que l'un se relevait, l'autre le tirait et l'entraînait dans sa chute, roulant avec lui sur le sable, heurtant les rochers. Nous étions essoufflés, nos rires déchiraient nos poumons, nous empêchant de reprendre notre respiration, usant nos dernières forces. Nos cœurs battaient vite, bondissant comme après l'amour. L'architecte s'est assis par terre la tête dans les mains, je me suis laissée tomber derrière lui et nous sommes remontés à la surface, l'un contre l'autre, agités doucement par le mouvement amplifié de nos poitrines qui se soulevaient bruyamment. Ne savions-nous rien encore ce jour-là, ou voulais-je encore croire qu'il suffisait de ne pas y penser ?

Quelle secrète douleur s'empare de mon âme à la pensée de cet amour mort-né. L'oubli ne nous accorde que le répit des grands sommeils, pour mieux nous faire sentir au réveil la perfidie du rêve derrière lequel il a masqué nos plaies ouvertes. Nous revînmes à la mer, sur ces mêmes plages normandes. Mais faut-il en revoir les images, comme celles des vieux films qui nous ont trop émus ?

13

Un matin, en arrivant sur la passerelle, au lieu de faire son geste de la main, l'homme s'est arrêté, s'est appuyé contre la balustrade et a crié :

– Vous allez bien ?

J'aurais pu m'attendre à ce qu'un jour il se décide à me parler, nous étions si proches, mais je m'étais installée dans ce rapport de signes sémaphores dont le contenu flou me satisfaisait, assez du moins pour que je ne songe pas moi-même à engager la conversation. Aussi fus-je tellement surprise en entendant sa voix que je ne répondis rien. Je grimaçai un sourire, qu'il interpréta comme il voulut.

– Vous ne sortez jamais de chez vous ?

– Non, ai-je lancé, je suis paralysée.

Je ne sais ce qui m'a pris, je ne comprends pas encore pourquoi j'ai dit ça, mais le temps de réaliser l'énormité qui venait de s'échapper de ma bouche, tels les crapauds des lèvres des sorcières, c'était trop tard, elle avait déjà atteint ses oreilles. L'homme a eu alors une expression incroyable, comme s'il avait reçu une tomate sur la figure, et sa bouche s'est arrondie en une sorte de « oh ! » prolongé. Il a levé la main dans son habituel petit signe, puis il s'est engouffré dans le beffroi. J'avais envie de rire et j'étais consternée à la fois. Pourquoi diable lui avoir dit ça ? Je me trouvais stupide, mais avec l'indulgence de ceux que leur propre sottise n'accable pas. Au fond, cela m'amusait de lui faire croire une chose aussi insensée, peut-être en espérais-je quelque transformation de nos rapports, dans une volonté adolescente de bousculer nos échanges de sourires si étriqués, de leur apporter le piquant dont ils étaient si dénués. Ce mensonge m'a réjouie toute la journée, à la façon des spectacles grotesques que l'on découvre parfois au détour d'une rue, lorsque les hommes se croient seuls et qu'ils se laissent aller à vider leur vessie contre un mur. Les surprendre procure le même sentiment de gêne partagée et de dérision. On se retient de rire, tout comme le surpris, plus tard dans la journée, s'égaie au souvenir de son propre sursaut.

Je me faisais l'effet d'une sale gamine, de celles dont l'insupportable conduite irrite au-delà de toute mesure et dont le nez retroussé et les nattes effilochées vous narguent, sans que les gifles l'atteignent jamais. J'offrais à mon enfance trop sage une petite vengeance, car j'avais été sage, malgré les TOC, à cause des TOC plutôt, qui ne me donnaient pas le droit d'être dissipée, quand j'en imposais déjà la folie à toute la famille. Ce ne fut que quelques heures plus tard que je réalisai la portée de mes mots : ce mensonge m'interdisait de quitter mon poste d'observation. Mais quelle importance prenait alors cet arrêté pour moi, qui ne manquais jamais un rendez-vous à la fenêtre, qui jamais depuis des jours ne songeais à commencer la journée autrement que par le signe adressé à l'homme de la passerelle ?

14

Au mois de décembre, si gai et lumineux, avaient succédé les cieux blancs de janvier et la tristesse qui accompagne souvent les débuts d'année. Alors que jusque-là tout s'était déroulé comme en un doux rêve ouaté, la réalité, qui nous avait suivis tenant la bride lâche, nous talonnait maintenant d'autant plus cruellement qu'elle nous avait offert de trop heureux moments. Il était temps, aurait-on dit, de passer à la caisse. Le temps se jouait de nous, remplissant nos agendas de mille gribouillis auxquels nous ne pouvions nous soustraire et, certainement parce que nous en étions empêchés, le besoin de nous voir se fit soudain pressant, nous frappant de plein fouet, brandissant sous nos yeux la conscience de cette dépendance, dans toute sa cruauté nue.

C'est ce moment précis que choisit le froid pour tomber sur Paris. La température, déjà faible, chuta brutalement de dix degrés, et le thermomètre resta bloqué pendant d'interminables jours entre −15° et −10°, ce qui surprit les gens et les affligea plus encore. L'atelier de restauration où mon père m'avait fait engager était mal chauffé, et au bout de deux heures à se tenir assis, immobile, les yeux rivés sur une petite tasse brisée en huit morceaux, et dont il fallait retoucher le décor au pinceau, on se trouvait transi, les mains glacées et les membres engourdis. J'en pleurais parfois, d'énervement et de douleur. Mes doigts me brûlaient affreusement. Je demandais à ce qu'on chauffe, mais cela ne servait à rien, les fenêtres laissant passer l'air gelé par des fentes où j'aurais pu glisser le petit doigt. Les courants d'air aggravaient encore la situation et chaque matin le restaurateur arrivait un peu plus couvert que la veille.

L'architecte venait me chercher pour déjeuner, nous allions dans de petits cafés sinistres où nous restions une heure, transis tous deux, incapables de nous réchauffer. Nous parlions peu, tout étonnés d'avoir perdu l'enthousiasme joyeux qui avait animé notre décembre des musées. Nous sentions bien que grandissait en nous quelque chose d'étrange et d'encore innommé, mais nous ne pouvions exprimer la tristesse qui nous envahissait au moment de nous séparer. Chaque jour nous laissait plus démunis. L'urgence permanente dans laquelle nous vivions, l'aspect de plus en plus fugitif de nos rencontres quotidiennes et la douleur que nous infligeait le vide créé par l'absence de l'autre ne faisaient que rendre plus vif le sentiment que quelque chose d'imprévu et d'insaisissable nous avait envahis. Au début, il nous avait semblé qu'il nous suffisait de savoir que nous nous verrions le jour suivant, ou celui d'après, mais il y avait longtemps que cette certitude ne nous apportait plus ni calme ni réconfort. Les moments passés sans l'autre n'étaient plus qu'attente. Bientôt, l'évidence nous sauta à la gorge : nous nous aimions passionnément.

15

L'homme de la passerelle est devenu plus familier tout à coup. On aurait dit que nos premières phrases avaient ouvert la brèche dans laquelle allait s'engouffrer un échange ininterrompu de dialogues lancés dans l'air, de part et d'autre de la rue. Non que nous passions des heures à disserter, séparés l'un de l'autre par quelques mètres de ciel, mais chaque jour nous offrait de nouvelles répliques qui tissaient entre nous le lien de la conversation, dans laquelle les êtres se découvrent peu à peu. Je n'osais toutefois poser trop de questions, et il m'apparaissait comme une indiscrétion de lui demander ce qu'il faisait dans le beffroi. L'envie pourtant me tenaillait de le savoir, particulièrement depuis le jour où je l'avais vu emprunter la passerelle une deuxième fois dans la journée, en fin d'après-midi, au sortir de son repaire. Il s'attardait plus volontiers à cette heure où le soleil calme son ardeur et où l'air s'adoucit, se déchargeant des vibrations bourdonnantes d'insectes des heures les plus chaudes. Il s'accoudait à la rambarde de la passerelle et, prenant la mine intéressée du touriste en mal de curiosité, engageait la conversation. Il souriait toujours. J'ai craint d'abord que son intérêt ne soit feint, dicté par la pitié, laquelle l'aurait incité à me parler par compassion. Mais j'avais beau tendre la tête, plisser les yeux pour mieux distinguer son visage, je ne percevais rien qui ne soit sans clarté dans le sourire de ses yeux, sans innocence dans les discours qu'il me tenait. Il me demandait souvent si je ne m'ennuyais pas. Je démentais fermement : pourquoi aurait-il fallu que je m'ennuie ? Au fur et à mesure que les jours qui passaient nous donnaient le loisir de mieux nous observer, il m'apparaissait comme un homme équilibré, égal, dont jamais l'humeur ne semblait s'altérer. Je me disais qu'il ne devait ni ranger, ni compter, ni faire de listes.

L'architecte non plus ne faisait pas de listes, mais quelque chose le rongeait de l'intérieur, et ce qu'il ne pouvait exprimer s'insinuait en lui comme un poison. Il me déroutait de jour en jour. Au fur et à mesure que la passion nous rendait plus fébriles, il semblait dresser autour de lui une sorte d'écran, comme un animal aurait sécrété une carapace protectrice. Je comptais les jours, je comptais le nombre de nos rencontres et plus il augmentait sans que rien de décisif ne survînt, plus je m'interrogeais. Je n'osais lui parler de rien, et surtout pas des battements de mon cœur qui s'accéléraient dès que je le voyais, des frissons qui me parcouraient lorsque je touchais sa main et de la douleur sourde qui explosait dans mon ventre sans que je puisse l'endiguer, bouleversante nausée qui me donnait envie de crier, de hurler, tant mon corps était meurtri de solitude et de désir.

Certains jours, lorsque je laissais partir l'architecte plus vite et que je rejoignais seule l'atelier, je me tenais au mur du cimetière pour ne pas tomber, mes jambes tremblaient sous moi, je respirais l'air glacé à grandes goulées, je sentais mon cœur se crisper dans ma poitrine, s'interrompre un instant. Je m'arrêtais le long d'une grille qui longeait un petit jardin, noir et gelé. Les larmes me piquaient les yeux, ma gorge se serrait, mais le flux chaud se refusait à couler sur mes joues. L'atmosphère plus tempérée de l'immeuble où se trouvait l'atelier détendait mes muscles raidis. En traversant le hall, j'éclatais en sanglots. J'allais aux toilettes laver mon visage et je l'exposais à l'air chaud du séchoir à mains. Le bruit et les rires qui venaient de l'atelier me donnaient le courage de sourire. Les autres ouvriers s'affairaient déjà devant leur table, du café fumait dans de jolies tasses. J'ôtais mon manteau. L'après-midi apportait son baume cicatrisant. Penchée sur des travaux de plus en plus minutieux, je m'exhortais à la patience.

16

Je devais avoir quinze ans lorsque je visitai une exposition d'Yves Klein. Son IKB me fascina, mais aussi ses roses vineux. Je n'avais jamais imaginé que l'on pût peindre ainsi, et pourtant c'était exactement ce que je cherchais depuis des mois. Je pensai que ce peintre était le seul à faire des monochromes. Il me paraissait impossible de l'imiter, puisqu'il clôturait le genre en même temps qu'il l'inventait. Je restai perplexe plusieurs jours, tournant dans ma tête la question de l'imitation et celle de l'influence, qui sont deux choses très différentes, comme je venais de l'apprendre peu de temps auparavant en classe de français. Je ne voulais pas faire comme Yves Klein, je voulais retrouver ce qui l'avait motivé. Or tout ce que j'avais peint jusque-là s'étalait comme une évidence. J'avais cherché la couleur avant toute chose : j'étais prête pour le monochrome. Aussi absurde que me parût cette pratique, elle correspondait à mon sens de l'obsession. Je me procurai de petites toiles carrées, de même format, et commençai de triturer les couleurs. Mon premier monochrome, je me le rappelle très bien, était d'un vert jaune anisé très réussi. Le deuxième était bleu nuit, presque noir. Des dizaines suivirent.

C'est alors que mes parents, peu sensibles à l'art néo-réaliste, se reprirent à douter de ma bonne santé mentale. Ils prenaient pour un nouveau TOC ma production, qu'ils jugeaient exagérément peu figurative. Ils se méfiaient et leurs sens à l'affût étaient prêts à sauter sur n'importe quelle bizarrerie. Ils m'attaquèrent de front, un samedi matin. J'aurais dû me méfier du samedi. Il fallut de nouveau, comme au temps des listes, les convaincre que peindre n'était pas une activité répertoriée dans les TOC, qu'il ne s'agissait que d'une recherche sur les couleurs, que le monochrome était une forme d'art comme une autre et que je n'étais pas la seule à faire ça. Les TOC non plus, dirent-ils, et ils avaient raison. Je citai Yves Klein comme dernier argument. Ils se précipitèrent sur le dictionnaire. Mon père lut rapidement et referma le gros volume en faisant claquer les pages. « Ton Yves Klein est mort à trente-quatre ans, dit-il. Tu le savais ? » Je l'ignorais. Mes parents quittèrent ma chambre et j'entendis ma mère chuchoter à l'oreille de mon père, sur un ton qui me désola : « Tu crois qu'il s'est suicidé ? » Je ne voyais pas où ils voulaient en venir. On peut mourir à tout âge, après tout, et ce n'est une preuve de rien.

J'aurais pu arrêter les monochromes, au moins pour quelque temps, mais je n'en avais pas envie. Je n'étais plus une enfant et il m'importait moins qu'auparavant de montrer à mes parents que je me sentais bien et que j'avais trouvé un équilibre. Je continuai donc à peindre. Chaque jour en rentrant du lycée, je me fixais sur un élément et j'essayais d'en définir la couleur aussi précisément que possible. Je restais parfois plusieurs jours sur un même sujet qui me donnait du mal, ou bien je revenais à quelques thèmes que j'aimais particulièrement, et dont je m'attachais à varier les nuances. L'aubergine en faisait partie. Je fis ainsi une série sur des tons très voisins du violet de l'aubergine, comme ceux de la quetsche ou du raisin muscat. Il s'agit presque de la même nuance, mais je cherchais à capter l'infime différence et à la reproduire. Je renouvelai l'expérience avec d'autres couleurs, le jaune particulièrement et certains rouges orangés.

Je consacrais beaucoup de mon temps libre à la peinture, mais je n'en étais pas pour autant devenue asociale. J'avais des amies au lycée que je fréquentais régulièrement, je refusais rarement une invitation à une de ces petites fêtes du samedi après-midi qu'organisaient chez elles certaines de mes camarades, je sortais parfois avec mes parents lorsqu'ils allaient chez des amis que je connaissais depuis l'enfance, je rencontrais même des jeunes gens à qui je ne craignais pas de faire la conversation, je n'étais pas timide, j'avais des idées arrêtées sur beaucoup de choses, j'aimais parler aux gens, je ne m'ennuyais jamais. Je grandissais, mon corps se transformait sans que je me soucie de ces changements.

17

C'est arrivé un soir, peu après six heures. Je me tenais assise près de la fenêtre, comme tous les soirs à cette heure, et je lisais. L'homme de la passerelle est sorti du beffroi et m'a fait signe.

– Ça va ? a-t-il lancé.

– Très bien, merci.

– Vous ne trouvez pas qu'il fait chaud.

– Si, mais j'aime la chaleur, elle ne me dérange pas.

Je ne me méfiais vraiment pas, nos dialogues commençaient souvent par des considérations sur la météo, sujet des plus importants au cœur des dialogues humains.

– Dites-moi, ça vous ennuierait si je venais vous voir chez vous ? J'en ai assez de m'égosiller.

– Mais vous n'êtes pas obligé de crier, je vous entends très bien.

– Peut-être, mais j'aimerais vous rendre visite. Cela vous plairait-il ?

Je réfléchissais à toute vitesse, cherchant un prétexte, une excuse. L'homme a continué :

– Êtes-vous libre demain soir ? Je pourrais passer en début de soirée.

– Mais oui, pourquoi pas ? me suis-je entendue répondre.

C'était trop tard, je ne pouvais plus reculer. Je n'entendais plus ce qu'il me disait, j'essayais encore de faire marche arrière, j'ai articulé quelque chose, mais aucun son n'est sorti de ma bouche. J'étais furieuse contre moi et je ne parvenais pas à reprendre mes esprits. L'homme s'était accoudé à la rambarde et poursuivait la conversation, comme si de rien n'était. Il montrait du doigt un rapace qui tournoyait dans le ciel.

– Vous avez vu cette buse ? Elle passe incroyablement près des maisons…

J'ai levé les yeux vers la buse. Elle ne passait ni plus près ni plus loin que d'habitude. Tout à coup, l'homme de la passerelle m'a paru incroyablement inintéressant.

– Elles sont deux en fait, mais vous ne pouvez pas voir l'autre, elle est derrière le clocher. Faites attention, elle se dirige droit sur vous.

L'homme a ri, mais s'est retourné, en gardant la main sur la rampe de la passerelle.

– Je pars avant d'être attaqué. A demain.

Il est entré dans le clocher. La buse qu'il m'avait montrée continuait de planer lentement au-dessus de l'église. Il n'y en avait qu'une, l'autre je l'avais inventée.

18

Je ne regarde plus par la fenêtre, ce que j'y vois est si terne que j'en deviens nostalgique, et la mélancolie qui m'envahit alors me submerge comme une vague dont je crois ne pouvoir sortir. C'est oppressant comme un poids de fonte sur la poitrine. Sur le mur qui me fait face est fixée une photo, de celles en noir et blanc que l'on trouvait dans les trains, dans leurs petits cadres métalliques, lorsque enfants nous partions en vacances. Celle-là représente un village, dans une région qui pourrait être située en de nombreux endroits de France, assez banale et sans grand intérêt, si ce n'est d'être l'image parfaite du village de nos campagnes. De la masse des maisons dépasse le clocher de l'église, comme il se doit.

Je la regarde pendant des heures jusqu'à ce que ma vue se trouble et que ne subsiste plus qu'un brouillard gris sale, posé comme une tache de boue sur le mur jaune. S'imprime alors dans mon cerveau l'image de mon clocher, celui que je voyais des fenêtres du prieuré. Des milliers de fois je l'ai examiné, ce clocher trop pointu, recouvert d'ardoises trop lisses. Viollet-le-Duc l'a dessiné. Pourquoi donc a-t-il remplacé le petit toit roman de pierres claires, en forme de cône aplati, tel qu'on le voit sur cette gravure que j'ai dans la cuisine et qui montre également la passerelle de bois, par ce grand chapeau de fée, hénin écrasant qui ridiculise son allure, comme un cotillon de carton rend bouffon le plus sérieux des hommes ? Pourquoi Viollet-le-Duc a-t-il refait ce clocher ? Je me le suis souvent demandé. Pensait-il vraiment que l'époque romane avait conçu de telles épines pointues pour couvrir ses jolis édifices de pierre aux arches simples ?

L'architecte m'avait pourtant dit grand bien de ce Viollet-le-Duc, un jour que nous étions montés sur les tours de Notre-Dame. Sous prétexte de m'initier à l'architecture, il m'entraînait dans d'interminables promenades, au plus froid de l'hiver, à la suite des grands maîtres qui avaient orné Paris de ses beautés. Docile, je potassais *Les Bases de l'architecture classique* d'un certain John Summerson. La neige de février n'avait pas le temps de fondre qu'elle était prise en glace instantanément. Elle formait sur les rebords des trottoirs des amas grisâtres, informes, qui crissaient sous les chaussures. J'avais parfois la sensation que l'architecte mesurait à l'aune de ma résistance au froid l'étendue de mon amour pour lui. Je le suivis un soir jusqu'au troisième étage de la tour Eiffel. Nous étions seuls sur la petite plate-forme balayée par le vent. La neige se mit à tomber. Les bourrasques nous sautaient au visage, giflant nos joues, nous coupant la respiration. Nous regardions Paris, éblouis par la nuit étoilée de flocons. Je m'accrochais à son bras pour ne pas déraper sur le métal glissant, et lorsqu'une rafale de vent nous poussait vers le bord nous nous tenions plus serrés. A nos pieds la ville s'étendait, splendide et calme, repliée sur elle-même. Nous avions quitté la plate-forme, transis, pour nous réfugier dans une petite salle de cinéma où l'on projetait des bribes de films sur la tour. Deux ou trois personnes étaient assises, çà et là. Nous étouffions des éclats de rire, blottis au fond des fauteuils.

Un autre soir, je le rejoignis à l'entrée du pont de l'Alma et nous montâmes à bord d'un bateau-mouche. Nous glissions sur la Seine, à peine protégés de la bise par une fine cloison de verre, emmitouflés dans nos écharpes. Nous regardions les quais défiler sous nos yeux, muets. Les gros projecteurs du bateau éclairaient de couleurs artificielles les immeubles et les monuments qui bordaient les rives du fleuve, le faisceau se déplaçait à l'horizontale, comme celui d'un phare, plongeant indiscrètement dans les appartements des maisons les plus proches des quais. La nuit donnait à ces rencontres une dimension inconnue de plus grande complicité, elle se refermait sur nous, nous protégeant de ses voiles noirs, nous enveloppant de son souffle glacé. Nous éprouvions la sensation de dérober ces instants ténébreux, mais nous n'aurions pas su dire à qui, ni à quoi. L'architecte me reconduisait ensuite jusqu'à la porte de chez moi et nous nous séparions sans un mot.

Sans doute aurions-nous voulu que chacune de nos rencontres soit à ce point unique qu'elle s'agrémente d'un souvenir inoubliable, mais le besoin de nous voir était devenu si fort qu'il nous fit accepter bientôt n'importe quelle modalité. Nous ne prenions plus la peine de trouver de bons prétextes ; une table de café, dans sa nudité de marbre, suffisait à calmer le désir qui nous tenaillait. Nous nourrissions notre singe comme on s'adonne à un vice inavoué, fébrilement, excessivement. Ce n'était pas tant cette dépendance qui nous gênait que les conditions dans lesquelles nous devions y remédier. L'architecte était si occupé, si entravé et si contraint par son travail que nous voir nécessitait d'épuisantes gymnastiques. Nous jonglions avec son emploi du temps tels des acrobates construisant des pyramides de verres en cristal. Et l'exercice devenait par moments si difficile qu'il nous terrassait et nous laissait hébétés, accablés de fatigue et de découragement. Nous ne songions pas un instant à ne plus nous voir, ou même à espacer nos rencontres. Une telle évolution de nos rapports me fascinait, tout en m'effrayant beaucoup plus que je ne le laissais paraître. Malgré tout, je n'avais repris aucune de mes anciennes obsessions. Je ne comptais plus, ne rangeais plus, c'était l'architecte qui me servait de TOC. Lui paraissait transporté par le sentiment qui nous unissait. Nous n'en parlions jamais, tant il était évident que nous étions l'un comme l'autre contaminés jusqu'au dernier degré.

J'avais pourtant, à certains moments de solitude, et sans que je pusse m'en débarrasser, de fulgurantes intuitions qui m'avertissaient du danger et me plongeaient dans une perplexité sans fond. Pourquoi n'étions-nous pas heureux comme les autres amoureux ? Pourquoi éprouvions-nous sans cesse cette sensation de déchirement qui obnubilait nos pensées, jour et nuit ? Pourquoi l'architecte avait-il par instants dans l'œil cette lueur d'anxiété qui assombrissait son regard, l'espace d'une fraction de seconde ? Que me cachait-il ? Quel terrible secret tentait-il de dérober à ma conscience ? Alors que tout nous rapprochait, nous étions comme deux fuyards courant dans la nuit épaisse, nous n'avions pas d'amis, pas de lieu où nous voir. L'architecte semblait ne pas posséder de maison, du moins n'en parlait-il jamais. J'habitais encore chez mes parents, où je n'osais l'amener. L'extérieur était le seul espace de nos rencontres : les lieux publics, les cafés et les rues nous recevaient sans chaleur ni confort.

Je ne sais laquelle de ses leçons d'architecture me fit parler du prieuré de mes parents. L'architecte aussitôt manifesta le désir de s'y rendre, mais il faisait si froid qu'il était impensable d'envisager un week-end dans une maison qui se chauffait si mal. Comme il insistait, j'eus tout à coup l'idée que, s'il désirait tellement aller à la campagne, ce n'était pas tant pour goûter aux charmes de l'hiver bourguignon que pour être seul avec moi, entouré de quatre murs qui nous auraient protégés et isolés du reste du monde.

Nous y sommes arrivés un vendredi après-midi. Il faisait déjà nuit. Le paysage était entièrement couvert de neige, et les bruits atténués par l'épaisse couche blanche qui faisait tampon. Il n'y avait d'ailleurs presque aucun bruit dans la campagne déserte. Une voiture de temps en temps, un cri de rapace. Certaines des pièces du prieuré étaient condamnées par le froid, entre autres celles du rez-de-chaussée et du troisième étage, très exposé au vent et mal isolé. Nous avons allumé un feu dans la grande pièce du premier. Nous passions notre temps dans l'escalier, les bras chargés de bûches que le feu engloutissait comme un forcené. Cela s'est avéré plus supportable que je ne l'aurais cru. Les épais murs de pierre gardaient la chaleur comme ils conservent la fraîcheur, l'été, lorsque la canicule écrase la campagne. Mais il faisait si froid la nuit qu'au matin tout était à recommencer. L'architecte paraissait trouver cela à son goût. Il regardait le feu crépiter dans la grande cheminée, sans rien dire. Je voyais sur son visage se déplacer les lueurs des flammes les plus vives, et parfois des ombres mouvantes le transfiguraient, donnant à ses traits une expression de folie contenue. Nous avions passé la première nuit dans la chambre du deuxième étage, où il y a plusieurs lits. Le soir, lorsque je lui avais proposé de choisir le sien, il m'avait répondu qu'il dormirait dans le même que moi. Il s'était dévêtu, s'était glissé sous les couvertures et s'était endormi.

Je m'inquiétais de plus en plus. Tout était si différent des jours enjoués du mois de décembre. Il semblait que notre histoire ce soit arrêtée là, devant l'âtre, comme si, depuis tant de longues semaines, la seule chose à laquelle aspirât l'architecte fut un grand feu, une immense flambée chaleureuse et vivante. On aurait dit qu'il avait oublié ma présence pour se transformer en une espèce d'ours silencieux, encombré de ses pattes, ramassé sur lui-même auprès du feu où nous faisions cuire des pommes de terre et des côtelettes, rôtir du pain, fondre des morceaux de fromage.

Dehors, le froid avait tout pris en glace. Plus rien ne bougeait. Je sortis une luge de la cave. L'architecte s'y installa et je le poussai dans les ruelles en pente. Il se laissait glisser jusqu'à ce que la luge s'immobilise. Je le rejoignais, il descendait et je tirais la luge en haut d'une nouvelle pente. Lorsque la montée n'était pas escarpée je hissais comme un chien de traîneau la luge et son passager jusqu'à la descente suivante. Le poids de cet équipage me sidérait, mais je me réchauffais à lutter contre la masse inerte qui me retenait vers le bas, tandis que mes semelles dérapaient dans la glace du chemin. Nos souffles formaient des nuages de vapeur denses et aussitôt dissipés, changés en glace à leur tour, à peine retombés sur les haies pétrifiées. Nous rentrions, pour nous jeter devant la cheminée, épuisés, les joues rouges de froid, les yeux pétillants. Par instants, il me semblait avoir rêvé. Je me demandais ce que je faisais là.

Je rentrai à Paris plus perplexe que jamais. Pour la première fois, je doutais de ce que j'avais cru comprendre. J'avais imaginé l'amour de cet homme, j'en avais capté chaque signe, chaque silence, mais je m'apercevais soudain que je m'étais trompée. Cette évidence m'écrasa plus encore que ne l'avait fait la découverte de ma passion. J'étais épouvantée par cette méprise si inattendue. Tout devenait flou, incertain, je perdais le sens de nos rendez-vous absurdes, je perdais la mémoire me semblait-il, je laissais échapper cette histoire. L'architecte m'avait-il menti ? Avait-il poussé à ce point le cynisme, ou s'était-il contenté d'errer dans un monde parallèle, tendant les bras vers moi sans que je puisse les saisir, me frôlant parfois de si près que je voyais nos droites se rejoindre, comme à l'infini font les droites de certains systèmes mathématiques peu orthodoxes ?

19

Les jours passés au prieuré avec l'architecte m'ont laissé le goût amer des visites qu'on aurait préféré ne pas recevoir. Et toutefois, le souvenir de son passage ici n'a jamais altéré l'atmosphère de la maison, nul fantôme n'a survécu à sa venue, peut-être parce qu'elle était déjà elle-même fantomatique, ombre parmi les ombres. Mais voilà que j'attendais un autre visiteur. L'homme de la passerelle allait venir à son tour dans ces murs, et au lieu de réduire les sentiments qui s'affrontaient en moi, de peur et de joie mêlées, je m'égarais à évoquer le passé et ses images séduisantes, dont le temps avait gommé l'acidité. Il allait pourtant bien falloir se résoudre à lui avouer que je n'étais pas plus paralysée que lui, et que cette fable que je lui avais contée était tout droit sortie de ma folle imagination. Je m'y préparais mollement, me rebiffant à l'idée de sa réaction, sans doute se sentirait-il trompé, trahi et ferait-il volte-face dès qu'il me verrait sur le seuil, debout devant lui, la main sur la poignée de la porte. Et pourtant, pouvais-je cacher ce qui n'était que trop inapparent, pouvais-je continuer ce jeu et poursuivre encore le mensonge ? Je ne me résolvais à rien, tournant et retournant la question dans ma tête, la triturant comme une souris morte.

Une main dans le dos m'a poussée sans doute, ou quelque frayeur irraisonnée, que je n'arrive pas encore à m'expliquer, et bien que les obstacles se présentent à moi un à un, prenant des proportions plus que dissuasives, j'ai décidé de transformer la maison en séjour de paralytique. Le défi me stimulait d'autant plus qu'il semblait irréalisable. Mon cerveau allait à toute vitesse tandis que j'arpentais la pièce dans sa longueur, jetant les yeux partout à la fois, essayant de penser simultanément à mille choses, excitée et fébrile, rongeant mes mains, mordant mes lèvres. Comment allais-je faire croire à un homme sensé (et fût-il imbécile que la tâche n'en aurait pas été simplifiée) qu'une paralytique vivait seule au troisième étage d'un prieuré dénué du moindre confort et à l'aménagement des plus extravagants, avec sa salle de bains au deuxième étage, sa cuisine au premier et son entrée au niveau de la cave, qui occupait le rez-de-chaussée ?

Je ne me calmais pas, sitôt assise je me relevais, je ne pouvais faire cesser le tremblement qui s'était emparé de mes mains. Finalement je suis sortie faire à pied le tour du village, comme si la meilleure façon de trouver une solution eût été de marcher avec acharnement, de me convaincre que mes jambes étaient ce que je possédais de plus vivant. Lorsque je suis rentrée au prieuré, il faisait presque nuit, j'ai pris dans la cuisine une bouteille d'eau, puis je suis montée au troisième et je me suis assise à mon bureau. J'ai commencé à noter tout ce qui me venait à l'esprit. J'ai fait des listes, par étage, sur des pages différentes, de ce qu'il fallait prendre dans chaque pièce, puis j'ai fait un plan du troisième et j'ai donné sur le papier une place à chaque objet. Lorsque l'inventaire a été terminé, il était plus de minuit. Je suis descendue me laver les dents. Quand je suis remontée, une chauve-souris était entrée dans la chambre par une fenêtre que j'avais laissée grande ouverte. Je la voyais voleter dans l'obscurité, elle se cognait aux poutres, elle tentait de trouver la sortie, sans succès. J'ai allumé et je l'ai vue se nicher dans la fente d'une poutre, à l'angle du plafond. J'ai éteint la lumière et elle est sortie de son trou. Elle allait en zigzag, aveugle, petite forme grise hésitante, mal assurée. Je pensais à son sonar, qui devait être déréglé. La pièce est mansardée, mais le faîte du plafond s'élève très haut et la chauve-souris ne volait pas assez bas pour trouver l'ouverture des fenêtres. J'ai rallumé, elle a disparu de nouveau, sans que je voie cette fois-ci où elle s'était logée. Je me suis déshabillée et couchée, j'ai éteint la lampe de chevet et j'ai scruté les poutres. Tout à coup, elle s'est élancée, elle s'énervait à se sentir ainsi prisonnière, parfois elle passait tout près de mon lit, puis de la fenêtre, mais toujours elle manquait la sortie. De temps en temps elle se posait, puis repartait.

J'ai essayé de m'endormir, mais je pensais trop à l'homme de la passerelle. Et j'aurais bien aimé que la chauve-souris sorte enfin de chez moi. J'ai ouvert les yeux, elle dansait encore dans le ciel de la chambre. Tout à coup, j'ai vu sa silhouette faire un écart de côté et disparaître dans le rectangle de la fenêtre : elle avait réussi à s'échapper. Je me suis levée précipitamment pour fermer les deux fenêtres. Au bout d'un long moment, j'ai trouvé le sommeil. Quand le réveil a sonné le matin, j'étais encore profondément endormie. Je me suis arrachée à mon lit comme on s'extrait d'un banc de sable. Il était déjà huit heures. Il ne fallait pas traîner.

J'ai pris les listes sur mon bureau et je suis descendue au premier. Tout en buvant mon thé, j'ai commencé à rassembler les objets les moins encombrants, comme les verres, la vaisselle, les bouteilles. Je les posais dans un panier au fur et à mesure que je les sortais des placards. Je suis montée au troisième un peu avant neuf heures pour m'installer à mon poste d'observation. Je ne tenais pas en place, c'était vraiment pénible d'attendre là, à ne rien faire. Les coups de cloche marquant deux fois neuf heures étaient autant d'épreuves pour mes nerfs aux aguets. L'homme a enfin surgi du clocher, il a pris pied sur la passerelle et a crié :

– C'est toujours d'accord pour ce soir ?

– Oui, oui ! La porte du bas sera ouverte, vous n'aurez qu'à tourner la poignée… Venez vers sept heures.

Il a levé son bras en signe d'acquiescement et il est entré dans le beffroi. J'ai bondi hors de mon fauteuil et j'ai commencé à déplacer les meubles. Mon lit, je ne pouvais pas le bouger, il est beaucoup trop lourd, mais j'ai modifié l'agencement de la plupart des guéridons, coffres, tables et autres meubles de la pièce. Je m'arrêtais de temps en temps pour vérifier l'effet des changements, je m'asseyais à la fenêtre et tendais le bras autour de moi. J'essayais d'imaginer ce que l'on doit avoir à portée de la main lorsque l'on ne peut pas bouger. De l'eau, de quoi manger, bien sûr, des livres, une radio peut-être, et quoi d'autre ? Tout en réfléchissant, je continuais de déplacer les quelques meubles qui n'avaient pas trouvé leur place. Au bout de deux heures, j'avais réussi à aménager la pièce de façon tout à fait convaincante. Je riais toute seule tellement l'installation me paraissait cocasse. Il me restait à monter un fauteuil confortable pour lui, et à sortir acheter quelques provisions, ce qui n'était pas la chose la plus agréable.

Depuis le jour où je lui avais menti, je redoutais de faire mes courses, de peur qu'il ne m'aperçoive dans les rues du village. J'avais pris l'habitude de sortir le matin, tout de suite après son passage, et de n'aller que chez les commerçants situés dans les ruelles de derrière. Au début, je ne faisais pas réellement attention et me contentais de ne pas risquer mes pas sur la place, si exposée aux regards, puis peu à peu mon inquiétude a grandi, au fur et à mesure que se consolidait notre amitié, et je suis devenue très méfiante, allant jusqu'à prendre la précaution de ne jamais avoir le beffroi dans mon champ de vision, quel que soit l'endroit où je me trouvais dans le village.

A quatre heures, tout était en place, il ne restait plus que le téléphone. J'ai débranché le poste qui se trouve au premier étage, je l'ai porté au troisième où je l'ai posé sur une petite table près du bureau et j'ai fait passer le fil contre le mur, en cachant la prise derrière un vieux coffre à dossier. Tant pis pour le téléphone, au moins serait-il muet toute la soirée. Il manquait encore les béquilles, l'essentiel... Je ne sais à qui avait appartenu la vieille paire qui traînait à la cave depuis des années, mais certainement à un homme car elles étaient bien trop grandes pour moi. Cela n'avait d'ailleurs aucune importance pour ce que je comptais en faire. Je les avais sorties le matin, lavées et mises à sécher dans la cour. Je les ai cirées, j'ai frotté les dessous de bras en cuir pour qu'il brillent bien et je les ai posées par terre, près de mon fauteuil.

Je me suis laissée tomber sur le lit, j'aurais bien dormi, mais il était presque cinq heures. J'ai mis le réveil à six heures moins le quart et j'ai fermé les yeux. J'ai dû somnoler un quart d'heure, peut-être même m'endormir car, tout à coup, avant même d'avoir repris conscience, je me suis retrouvée assise sur mon lit, agitée de sursauts. En voyant l'heure je me suis laissée retomber et j'ai regardé le plafond. Je pensais à l'homme de la passerelle... Quelle mise en scène invraisemblable j'avais imaginée pour lui ! Je me suis postée à la fenêtre, pour la deuxième fois seulement de la journée. J'ai pris un livre, mais je ne pouvais lire, les lignes dansaient devant mes yeux comme la chauve-souris, et lorsqu'elles s'arrêtaient, le texte n'avait plus de sens, je ne comprenais rien. Je regardais partout autour de moi, cherchant à découvrir ce que j'avais oublié. Je savais que d'ici une heure il serait trop tard et cette pensée faisait battre mon cœur plus vite.

L'homme est arrivé sur la passerelle, il a crié « à tout à l'heure », et aussitôt après qu'il eut disparu, je suis allée prendre un bain, je sentais mon corps flotter entre les courants d'eau tiède et je caressais mes pauvres jambes qui n'allaient pas bouger pendant tout le temps de sa visite. J'ai enfilé une robe, j'ai mis du rouge à lèvres et je suis montée au troisième. J'ai enroulé autour de mes jambes une petite couverture car je ne voulais pas qu'il les voie, elles étaient musclées et bien bronzées, il n'aurait jamais cru que ces jambes-là ne marchaient pas, et d'ailleurs montre-t-on son infirmité ? C'est lorsque je me suis assise dans mon fauteuil, près de la fenêtre, que j'ai réalisé à quel point j'étais stupide d'agir de la sorte. Mais il était déjà trop tard, l'homme allait arriver d'une minute à l'autre. J'ai serré les bras du fauteuil rageusement et j'ai respiré fort, pour reprendre courage.

20

Au-delà des choses que l'on fait sans raison, il y a celles que l'on fait pour d'obscurs motifs, et que l'apparente gratuité qu'elles en retirent rend sans substance, sans existence presque. Ainsi m'a-t-il semblé au cours de cette journée de préparation que ce que je faisais n'avait pas de sens précis, ou plutôt celui d'un jeu, d'une mascarade comme on peut en inventer enfant, pour surprendre ses parents, les faire réagir, les choquer parfois. Non que j'aie tenu à attirer l'attention de l'homme de la passerelle, elle m'était déjà acquise, je n'en pouvais douter, mais l'évocation en pointillés de mes souvenirs parisiens m'avait conduite au fil des jours à formuler une interrogation à laquelle je venais de trouver le moyen de répondre. Pouvait-on mentir impunément ? Et l'architecte m'avait-il menti ? A la lumière donnée par la distance et le temps, toute l'histoire m'apparaissait comme une insolente mystification sur laquelle j'avais préféré fermer les yeux tant elle blessait mon amour. Mais jusqu'où était-il allé ? Au fond de quel chemin reculé de la tromperie pouvait s'enfoncer un menteur ? C'était ce que je voulais savoir, mais tout comme j'avais été incapable alors de reconnaître l'absurdité de certains arguments, je ne parvenais plus désormais à démêler ce que ma mémoire avait embelli de ce que j'avais réellement vécu. Tout se mélangeait dans mon souvenir, et particulièrement cette curieuse période des semaines de fin d'hiver qui avait précédé mon déménagement.

Peu à peu, le froid s'était estompé et le printemps s'était annoncé, lentement tout d'abord, puis plus énergiquement. Des feuilles apparaissaient aux branches noires des marronniers. Le beau temps, qui réjouit tout, nous redonnait quelque espoir. Nous nous sentions plus audacieux, plus espiègles, prêts à sortir de nos coquilles, après une trop longue hibernation. Je me souviens d'un voyage à Nantes, d'un autre encore en Normandie, sur les traces de notre journée de décembre. Il faisait doux, et le soleil commençait à chauffer les rochers des plages, mais nous ne pouvions oublier les mille petits désespoirs et les souffrances insidieuses qui nous avaient usés durant tout l'hiver. J'attendais toujours un geste de lui, un mot. Je l'observais à la dérobée dans la voiture, tandis qu'il chantait à tue-tête un tube du moment dont les paroles disaient : « Les histoires d'amour finissent mal, en général. »

Malgré mon inquiétude grandissante, chaque moment que je passais à ses côtés me semblait délicieux, irremplaçable. Tous les doutes que j'avais nourris en son absence s'effaçaient instantanément dès qu'il apparaissait. Il me suffisait de le voir, de l'entendre, de lui parler, pour qu'aussitôt fondent comme autant de chimères les épouvantables soupçons qui harcelaient mes nuits de leur piquante acidité. Car à la perplexité avait fait place un souci permanent, une sorte de tourment qui ne cessait de me préoccuper. J'avais beau tenter de me persuader que je devais m'adapter à un état de choses qui me paraissait si étrange, je ne parvenais pas à me libérer des sombres pensées qui altéraient grandement ma quiétude et ma joie de vivre. Au fur et à mesure que s'installait l'évidence des liens qui nous attachaient douloureusement l'un à l'autre, grandissait en moi la conscience d'un élément incontrôlé qui faisait perdre à l'édifice tout son sens. Un grain de sable transparent s'était installé dans les rouages de nos rencontres si bien orchestrées, et ce qui m'avait paru tout d'abord limpide et léger prenait soudain un poids et une densité qui me laissaient pensive et mal à l'aise. J'étais aux aguets, comme si quelque catastrophe pût s'abattre sur moi sans que j'en fusse prévenue. Au terme de chacun de nos rendez-vous j'abandonnais pourtant ce tracas pour ne garder que l'optimisme et la confiance en des lendemains plus radieux. J'en arrivais parfois même à penser que le véritable amour se trouvait là, dans la pureté d'un sentiment qui ne s'exprimait pas autrement que par la volonté farouche d'être ensemble. Mais je ne pouvais m'expliquer pourquoi nous nous enfoncions chaque jour plus avant dans une clandestinité que rien ne rendait nécessaire, et dont le secret gagnait jusqu'à nos corps eux-mêmes, que nous cachions à l'autre avec une constance qui me désespérait.

Puisque j'avais commencé de déterrer les fantômes, et que la descente aux enfers, amorcée par la vue de l'homme sur la passerelle, m'entraînait vers d'insondables abîmes, il allait me falloir mentir à mon tour, et tâcher de comprendre. Ce mensonge que je faisais à l'inconnu du pont de fer allait prendre pour moi valeur de test et d'expérience.

21

A sept heures pile, j'ai entendu la porte du bas s'ouvrir et se refermer. J'ai eu envie de me lever et de courir vers l'escalier, mais je me suis retenue. Les pas de l'homme ont commencé à résonner sur les marches de pierre, doucement d'abord, on aurait dit qu'il portait des chaussons, puis plus fort au fur et à mesure qu'il se rapprochait. Il mettait un temps fou à monter les étages. Mon cœur battait à toute vitesse. J'avais l'impression de me vider de mon sang. Il a surgi dans l'encadrement de la porte, beaucoup plus grand que je ne l'avais imaginé. Il s'est arrêté quelques instants sur le seuil, puis s'est dirigé vers moi et m'a tendu la main. Il a tout de suite regardé par la fenêtre et embrassé du regard la passerelle, l'église, le beffroi. J'étais affreusement mal à l'aise, il se tenait debout devant moi, ses yeux dans la lumière qui regardaient partout autour de lui, des yeux pers, gris et vert.

– Alors, voilà votre poste d'observation, a-t-il dit.

– Oui, vous voyez, j'ai une belle vue…

– Vous ne sortez jamais ?

– Non, presque jamais. Vous voulez boire quelque chose ?

Je lui ai désigné les verres, les bouteilles, dans le petit meuble près du coffre. Il en a sorti un flacon de whisky.

– Il va falloir que vous alliez chercher des glaçons, s'il vous plaît. La cuisine est au premier, le réfrigérateur à droite en entrant.

– Je ne prends pas de glace, merci.

– Moi, si.

Seule une bonne dose de whisky pouvait arrêter le tremblement qui agitait mes mains. Mais ça commençait mal, j'avais oublié la glace… Il a foncé vers l'escalier. Tout à coup, j'ai pensé que je ne supporterais pas cette situation une seconde de plus, mais lorsque l'homme est revenu, au bout d'un interminable instant, j'étais déterminée. J'ai senti se tendre en moi toutes les ressources de ma volonté : j'avais monté le décor, j'allais maintenant jouer la comédie jusqu'à la tombée du rideau. L'homme s'est assis dans le fauteuil que j'avais apporté pour lui. Le soleil entrait encore à flots dans la pièce et les faisceaux rasants des rayons du soir jetaient sur lui des éclats d'or. Il devait à peine me voir, aveuglé par la lumière.

– Vous vivez ici toute seule ?

– Oui.

– Mais comment faites-vous ?

– J'ai quelqu'un qui vient tous les jours pour faire

les courses et préparer à manger. Pour le reste, je me débrouille.

– Et vous ne vous ennuyez pas ?

– Décidément, ça vous préoccupe. Non, je ne m'ennuie pas. Je lis, je peins, je regarde par la fenêtre.

Voilà que je lui mentais à nouveau. Je ne peignais plus depuis des mois.

– Je ne vous imaginais pas comme ça, a-t-il dit brusquement.

– Que voulez-vous dire ?

– Je ne vous vois pas très bien. D'habitude, vous êtes un peu en retrait de la fenêtre et j'ai souvent le soleil dans les yeux, surtout le matin.

– Mais le soir, c'est moi qui suis en plein soleil.

– Oui, mais en fait je suis myope. Je n'avais aucune idée de la tête que vous aviez.

Nous avons ri. Je ne l'imaginais pas comme ça non plus. Il est très beau, ses yeux surtout sont étonnants, leur couleur. Et sa bouche, charnue, rose foncé. Il a de longues mains, blanches et élégantes, aux veines apparentes. Il est resté longtemps. Nous avons mangé des tomates avec du sel et de petits sandwiches au saucisson que j'avais préparés. J'avais aussi monté des fromages et des tranches de pain, que nous avons dévorés sans nous en rendre compte, en buvant du vin blanc. Je ne bougeais pas. Il faisait tout. Il préparait des assiettes qu'il me tendait, il parlait, riait. J'étais heureuse et je ne pensais même pas à mes jambes. La cloche a sonné la demie. De quelle heure ? Je n'aurais su le dire, il faisait déjà nuit depuis un moment. L'homme a dit qu'il fallait qu'il parte, qu'il était déjà tard. Je n'ai pas cherché à le retenir plus longtemps, car j'avais envie de faire pipi et je me demandais depuis déjà quelques minutes comment j'allais faire pour tenir jusqu'à son départ. Je lui ai demandé de lever le loquet de la poignée en sortant et de tirer la porte derrière lui. Il m'a serré la main avant de disparaître dans l'escalier. Lorsque j'ai entendu la porte claquer, je me suis précipitée aux toilettes. J'ai descendu ensuite les restes du repas dans la cuisine et j'ai posé la vaisselle dans l'évier. Je suis vite remontée dans ma chambre et je me suis mise à sauter sur mon lit, à pieds joints. Je rebondissais sur les ressorts du sommier, je me laissais sauter mollement en l'air, avant de reprendre mon élan pour un nouveau bond ; parfois mon pied glissait et je tombais sur le dos, mais je me relevais et reprenais mon mouvement de yoyo. J'ai lu ensuite pendant deux heures avant de trouver le sommeil.

22

J'ai arrêté de peindre lorsque je suis arrivée au prieuré. J'avais pourtant emporté tout mon matériel, dans trois grosses caisses qui m'avaient été livrées par camion. J'ai tout déballé dans la grande pièce du deuxième étage, les peintures sur les étagères, les pinceaux dans des bocaux, les tubes bien rangés à plat sur une petite table, les cartons à dessins les uns contre les autres le long du mur, les carnets dans les tiroirs, les crayons sur la table à dessin, les châssis empilés dans un coin, la toile en haut de l'armoire, les produits de préparation dans une caisse de métal. Mais j'étais alors tellement malade, tellement envahie de TOC que je leur consacrais une grande partie mon temps. Je n'avais plus une minute pour peindre.

Au bout d'un moment, j'ai compris qu'il ne servait à rien de venir chaque matin dans cette pièce pour y travailler. J'ai fermé la porte et je n'y suis plus entrée. Mes TOC peu à peu se sont calmés et j'ai repris au bout de quelques mois une vie normale.

Mais je n'arrivais jamais à recommencer la peinture. Loin de Paris, loin de tout ce qui m'avait motivée jusque-là, je ne trouvais plus l'énergie nécessaire. Je restais des heures assise devant mon chevalet, face à une toile blanche. Je finissais par m'enivrer de tout ce blanc qui me brouillait la vue et me laissait plus faible que jamais. Les grandes feuilles de papier me faisaient le même effet. Toute inspiration s'était envolée, je n'avais plus la moindre idée de ce que l'on pouvait faire avec un pinceau ou un bâton de couleur. Mes TOC à peu près disparus, je n'avais pourtant plus que cette activité pour combler l'immense solitude dans laquelle je m'étais volontairement jetée.

J'ai essayé pendant des jours, j'ai lutté contre l'engourdissement de mes doigts que je sentais se rétracter devant le geste, je me suis assise cent fois devant ma table, les pots d'encre ouverts, les pinceaux fins étalés les uns à côté des autres, orange ou noirs, avec leurs petites touffes de poils effilés, les barquettes de faïence blanche creusées de petits godets circulaires qui me regardaient comme des yeux morts. Rien ne sortait de ces longues heures d'attente, aucune couleur ne se présentait à moi, aucune qui ne m'inspirât une infinie tristesse. Chaque teinte me rappelait quelque chose de l'architecte, et je plongeais dans une rêverie épaisse, peuplée de souvenirs obscurs. J'aurais voulu les exprimer, les peindre : j'en étais incapable. Tout comme j'étais incapable d'orienter mon esprit vers d'autres pensées.

Je compris, après quelques semaines de tentatives

avortées, que je ne pourrais plus jamais peindre. Cette révélation me frappa au cœur comme une épée. Je mis des jours à l'accepter, puis je fermai de nouveau la porte de l'atelier, pour ne plus la rouvrir. Depuis, je n'y vais plus, je sais d'avance ce qu'il arriverait. Je n'ai jamais réessayé, et chaque jour qui passe me sépare un peu plus de la peinture. Un jour, j'en viendrai à douter qu'elle fut mienne. Pendant tout l'hiver qui a suivi l'incroyable perte de mon inspiration, je n'ai rien fait. Absolument rien ne m'intéressait. Même les listes de mots, les rangements toujours renouvelés ne m'attiraient plus. Je vivais dans un tel circuit fermé que rien ne bougeait vraiment. Je me déplaçais dans la maison comme une ombre, les objets restaient à leur place, j'avais réduit mon existence à sa plus simple expression. Je lisais la plupart du temps, je découvris de grands auteurs qui me donnèrent le courage de ne pas mourir d'ennui.

23

Ce n'est que le lendemain de sa visite que j'ai réalisé à quel point je me trouvais désormais liée par le mensonge que j'avais fait à l'homme de la passerelle. J'en suis restée bouleversée, et dans le même temps une espiègle petite voix ricanait au fond de moi, me pinçant par-derrière, me tiraillant, m'obligeant à me retourner vers elle et à sourire à la pensée de l'incroyable farce que j'avais jouée la veille. Non que cela m'amuse vraiment, mais je ne pouvais m'empêcher d'être moi-même stupéfiée de l'étonnante réussite d'une telle supercherie. Pas une seconde l'homme ne s'était douté de quelque chose. Mais de quoi finalement aurait-il pu se douter, quand je lui disais que je ne pouvais marcher et que l'évidence s'en présentait si clairement devant lui ? Car le principe veut que l'on fasse confiance aux gens, même aux inconnus, et que l'on croie ce qu'ils vous disent. Quelles raisons auraient-ils de taire la vérité, quand elle n'est pas inavouable ? Aucune, dans la plupart des cas.

C'est bien là ce qui distingue les menteurs des dissimulateurs. Les premiers sont poussés non pas par la nécessité mais par une sorte d'élan impérieux qui les fait s'embarquer à bord d'invraisemblables histoires que leur imagination déploie, sans qu'il y ait à cette floraison une quelconque justification. Les autres se contentent de cacher la vérité, le moins maladroitement possible, mais sans plaisir, uniquement parce qu'ils ne peuvent faire autrement. C'est en cela que le mensonge du menteur est impénétrable, dans le sens qu'il n'a pas de fondement. Aussi loin que l'on cherche, dès que l'on se prend à douter, on ne trouve nul argument de valeur qui vienne expliquer le mensonge, et l'on finit par rejeter l'hypothèse par trop absurde d'une invention gratuite, qui heurte notre sens de la logique.

Je m'étais souvent demandé où vivait l'architecte. Au terme de l'une de nos rencontres où j'avais dû lui paraître plus désemparée qu'à l'accoutumée, il m'emmena chez lui. Il habitait au troisième étage d'un immeuble sans élégance, d'où l'on voyait les usines de la banlieue. Il prétendait ne pas aimer son appartement et n'y recevoir jamais personne. J'avais imaginé une sorte de taudis, une pièce minuscule et sombre, poussiéreuse. Je me trouvai dans un grand espace au charme insidieux, discret, de ceux qu'on a laissés trop longtemps sans les habiter. Dans une grande pièce aux murs recouverts de papiers peints démodés se tenaient plusieurs sièges dépareillés, comme placés là depuis des siècles, et une longue bibliothèque.

La chambre n'était meublée que d'un matelas posé par terre et d'un réveil. Dans la cuisine, un bol séchait sur la paillasse aride de l'évier, recouvert d'une mince pellicule de poussière. Quant à la salle de bains, elle était si dénudée que pas même un miroir n'en ornait les murs. Un gros transistor gisait en travers d'un bidet vert. Une autre pièce dont la porte était close renfermait soi-disant un ami échoué là et qui ne sortait jamais, sorte de génie de l'électronique à demi fou et que j'imaginais penché sur de minuscules circuits. Je ne vis jamais cet ami, jamais je n'entrai dans cette chambre et je ne sus jamais ce qu'elle contenait.

J'aimai cet endroit immédiatement, sans m'expliquer pourquoi tant il avait peu de charme. Mais la vacance de tout l'espace conférait à l'appartement une atmosphère irréelle très particulière. On avait en entrant l'impression de pénétrer dans un sanctuaire. Et ce n'était pas faux, si peu de gens y mettaient les pieds… C'était une sorte de privilège que d'y être admis. Je ne pouvais cependant me retenir de trouver cela fort étrange. Parfois, lorsque mes parents partaient en voyage, j'allais dormir chez l'architecte. J'avais toujours en entrant la curieuse sensation qu'il ne vivait pas là, qu'il n'habitait pas cette maison. On aurait dit que l'air y était immobile, fossilisé, comme si personne ne s'était déplacé dans les pièces depuis des mois. On n'y sentait aucune trace de vie, et pourtant c'était bien chez lui, à certains détails on pouvait en être assuré. Mais je ne pouvais m'empêcher de penser qu'il y venait en visite de la même façon que moi, et pas beaucoup plus souvent. Où donc vivait-il alors ? Je n'osais lui poser la question, tant je trouvais inavouables les énigmes que mon esprit produisait.

Nous venions toujours chez lui de nuit. L'appartement était plongé dans l'obscurité, nous allumions quelques lampes dans le salon, posées au ras des rayonnages. Il me montrait des livres, des images, des photos. Puis il partait se coucher. Je m'allongeais près de lui, mais je ne m'endormais pas. Je restais immobile, sur le dos, les yeux grands ouverts. La lueur des néons du périphérique tout proche donnait au ciel des reflets fluorescents. Les lumières bleues et orange des publicités animées se projetaient sur le plafond en bandes mobiles qui glissaient jusqu'au bas des murs. Plus tard dans la nuit, à l'heure creuse où plus rien ne bouge, je me levais et faisais le tour de l'appartement silencieux. Je marchais sans bruit d'une pièce à l'autre, j'observais les rares objets, je regardais les murs, je cherchais des yeux un signe, la trace de quelque chose qui m'aurait éclairée.

Je prenais des livres sur les rayons, que je lisais parfois jusqu'au matin. Souvent j'avais froid, mais je ne me recouchais pas. Je préférais rester dans le salon, assise sur le fauteuil de carton vert, ou perchée sur un petit banc africain qui me mettait au ras des étagères de la bibliothèque. Voir le dos de l'architecte soulevé régulièrement par le sommeil, entendre sa respiration lourde et profonde, regarder ses yeux hermétiquement clos me rendait plus triste que tout. Il me semblait que rien n'aurait pu le réveiller. Il s'enfonçait dans le sommeil comme plongent dans un abîme ceux qui veulent oublier définitivement qui ils sont. Enfin son corps n'existait plus, seule subsistait l'activité de sa pensée qui générait les rêves que je lisais sur son visage, sans en comprendre le sens.

J'attendais que le jour se lève, épuisée de fatigue, incapable de laisser reposer mon esprit aux prises avec mille pensées confuses, de plus en plus incohérentes au fur et à mesure que la nuit avançait. Les petits matins étaient sinistres, lorsque la lumière grise envahissait le paysage, comme une eau boueuse recouvrant des ruines. Je savais qu'il aurait mieux valu ne pas revenir dans cet appartement, mais j'espérais encore une sorte de miracle, une nuit différente où il se serait passé quelque chose, où nous aurions retrouvé la gaieté du mois de décembre et la complicité des premiers rendez-vous, où nous aurions découvert les étreintes qui me manquaient tant, les caresses et les baisers des véritables amants, où nous aurions appris l'amour que j'attendais. J'espérais l'improbable, n'osant encore imaginer qu'il n'arriverait jamais.

24

Il pleut. Quelle tristesse sur la ville, alors que la pluie peut être si gaie à la campagne ! Des gouttes se fraient un chemin le long des vitres et descendent en longues traînées sales chargées de poussière. Il n'a pas plu de tout l'été. Quel plaisir ce doit être de regarder la nature se gorger d'eau, les feuilles des arbres se tendre vers l'eau bienfaisante et la terre s'ouvrir, se dilater sous l'averse ! De la fenêtre du prieuré la campagne apparaît nimbée de buée, les prés sur la colline d'en face se couvrent d'une fine gaze de vapeur d'eau, qu'exhale la terre desséchée. J'attendais ce jour depuis si longtemps et je n'y suis pas aujourd'hui, à regarder tomber l'eau du ciel derrière les carreaux protégés par l'auvent du toit, avec au-dessus de ma tête le martèlement des gouttes toutes proches sur les tuiles. On ne me dit pas quand je pourrai sortir d'ici, on ne me parle pas de moi, mais uniquement de choses qui ne me concernent pas, comme les heures des repas et celles des piqûres. Qu'ai-je à faire des repas ? Il y a deux jours que je demande à ce que l'on m'enlève ce tuyau qui me gêne, et personne ne semble m'entendre. Pourtant cette solitude, l'abandon dans lequel je me trouve, délaissée sur ce lit, seule au milieu d'inconnus muets aux gestes d'automates me berce et j'y trouve un calme que je n'avais jamais connu. Le calme du soulagement, de la respiration. Je pense sans cesse à l'homme de la passerelle, aux gestes qu'il faisait le matin, ses grands saluts à la manière des mousquetaires.

Après sa première visite, j'ai eu la brusque envie, au-delà du malaise qui persistait à cause de ce mensonge que je lui avais fait, de le revoir immédiatement. La proximité, l'immédiate proximité des gens que l'on voit de très près a apporté à notre relation une étonnante densité. Comme si les quelques mètres qui séparaient la passerelle de ma fenêtre avaient été de verre, qu'ils avaient empêché les atomes de circuler, les pensées de se dissoudre dans l'air et d'atteindre les sens de l'autre, il m'est apparu que les semaines que nous avions passé avant cette soirée n'avaient pas eu plus de poids que si nous nous étions croisés une seule fois dans la rue, sur la place ou chez le boulanger. Sa visite nous avait fait faire un bond énorme, et la surprise que j'en ressentais m'écartait d'autres pensées, plus troublantes. Allait-il revenir ? Je n'osais le lui proposer, tant je craignais qu'il n'accepte que par pitié. Lors de ses passages sur la passerelle, j'étais suspendue à ses lèvres, guettant l'hésitation, le silence qui précéderait sa question. J'ai attendu trois jours, seulement trois jours qui m'ont paru trois siècles, et un soir, juste avant d'entrer dans le clocher, alors qu'il m'avait déjà souhaité une bonne soirée, il a ajouté, avec une étonnante désinvolture :

– Je passerai vous voir demain soir. J'apporterai à manger.

Se rendait-il déjà compte qu'il était désormais inutile de demander si j'étais libre, ou cela lui paraissait-il simplement évident que personne ne venait jamais me voir ? Je me suis contentée de pencher la tête en signe d'acquiescement. Il n'y avait plus qu'à se laisser glisser sur le rail huilé qui me portait sans que j'aie à ouvrir les yeux pour guetter les obstacles. Loin de regretter mon mensonge, je me livrais tout entière à lui, je m'abandonnais à la douceur d'une situation qui ne me donnait aucun choix, sinon celui de me persuader qu'il y avait derrière mon acte quelque raison profonde qui en justifiait l'absurdité. Ainsi croyais-je pénétrer cette étrange spirale qui force les menteurs à ne jamais revenir sur leurs affirmations, aussi évidente qu'en soit la fausseté. Mais j'aurais pu me douter que la comparaison d'expériences apparemment analogues ne permet nullement d'en tirer des conclusions, encore moins d'en extraire des lois générales. L'exercice relevait de l'utopie, voire de la stupidité, comme j'avais eu déjà l'occasion de m'en rendre compte lorsque j'avais tenté de comprendre mes TOC à la lumière des explications de Freud.

J'étais en terminale. Nous étudiions la psychanalyse en cours de philosophie. C'était au début de l'année scolaire, je me souviens qu'il y avait encore des feuilles aux arbres de la cour du lycée, je n'avais pas encore dix-sept ans. Le professeur nous avait demandé de lire l'*Introduction à la psychanalyse* de Sigmund Freud. J'avais acheté le livre dans la librairie-papeterie où je continuais, de temps à autre, à me fournir en carnets. J'y découvris un monde insoupçonné de pulsions et de motivations inconscientes, j'appris que les rêves avaient toujours un sens, et s'il m'arrivait de confondre parfois le moi et le ça, la vision de Sigmund Freud me sembla très intéressante. Au cours de ma lecture, je tombai sur la notion de compulsion de répétition. Tout d'abord, je n'identifiai pas le sens de ces mots. Compulsion n'est pas très employé dans le langage courant, mais sonne assez familièrement. On a l'impression de savoir ce que cela veut dire, compulser fait penser à consulter, compiler. C'est une sorte de consultation répétitive, de vérification, interprétais-je. Mais Freud n'en disait pas grand-chose, en réalité il n'expliquait pas ce qu'est cette compulsion de répétition qu'il écrivait pourtant en italique.

Ce ne fut que deux chapitres plus loin, alors que le terme revenait, que j'eus l'idée de chercher dans le dictionnaire. La définition disait : « Impossibilité de ne pas accomplir un acte lorsque ce non-accomplissement est cause d'angoisse, de culpabilité. » Cela ressemblait étrangement à ce que j'avais ressenti avec mon TOC. L'impossibilité de ne pas ranger… Je n'avais pas besoin de chercher le sens de répétition, je le connaissais très bien. Ainsi ce Freud parlait-il de ce que j'avais personnellement vécu, mais curieusement le reste de son discours m'apparaissait soudain très obscur. On aurait dit qu'il s'agissait d'autre chose. Il fallait que j'en sache plus sur cette compulsion de répétition. Le professeur de philosophie allait peut-être pouvoir m'aider.

A la fin du cours suivant, j'allai la trouver. C'était une vieille femme au corps sec et nerveux, assez sympathique. Je lui fis part de mon intérêt pour la notion de compulsion.

– Mais, vous avez déjà lu tout le livre ? s'étonna-t-elle. Écoutez, reprit-elle, après un instant de silence, je crois me souvenir que Freud consacre une leçon à ce sujet, mais je ne sais plus dans quel ouvrage. Je vais regarder et je vous le dirai la prochaine fois.

L'idée d'attendre une semaine me contrariait beaucoup, mais je ne pouvais lui demander de me téléphoner chez mes parents. Je la vis griffonner quelque chose sur un cahier qu'elle ferma d'un coup sec. Les pages claquèrent les unes contre les autres, elle me regarda en écarquillant les yeux et se mit à ranger ses affaires. Je la remerciai. Je n'avais pas particulièrement confiance en elle, non que je l'aie crue négligente, mais elle me semblait porter peu d'intérêt à la psychanalyse. Elle nous avait dit lors du premier cours : « Nous allons étudier rapidement les parties du programme que vous devez connaître pour le bac et, ensuite, nous nous pencherons sur la véritable philosophie, je veux dire, Hegel, Kant et Nietzsche. Nietzsche surtout, vous verrez c'est passionnant. »

Les élèves ne l'écoutaient déjà plus, atterrées par la première phrase de son discours. Très adroitement, notre professeur de philosophie venait de se débarrasser de celles qui ne voyaient dans cette nouvelle matière qu'une obligation supplémentaire en vue de l'examen. Le cours s'était vidé en quelques semaines de plus de la moitié des élèves. Au début du deuxième trimestre, nous n'étions plus qu'une petite dizaine. La vieille dame nous expliquait Nietzsche, confidentiellement.

Pour l'heure, c'était Freud qui m'intéressait et je ne tenais pas à patienter plus longtemps. Je me rendis à la bibliothèque dès le lendemain et j'empruntai quatre livres du même auteur, sur lesquels je me jetai aussitôt rentrée à la maison. Mais ce que j'y découvris me plongea dans une perplexité plus grande encore, car les exemples que citait le médecin viennois, parfois proches du mien, ne trouvaient jamais dans son texte de solution satisfaisante. Je ne me reconnaissais dans aucun des patients dont il avait percé le mystère, usant pour cela d'une clef dont l'apparente simplicité me donnait à penser qu'elle laissait trop de portes fermées. Rien plus que les TOC, cependant, ne semblait s'adapter mieux à la façon dont Freud décryptait les replis de l'inconscient humain. Mais loin de les passer au crible de ses théories, il en parlait comme de cas particuliers, ne relevant d'aucune de ses formules. Il laissait à la médecine le soin d'élucider ce qui lui paraissait être du ressort de la physiologie bien davantage que de celui de l'analyse. Ainsi les TOC, rejetés de partout, ne trouvaient pas de spécialiste qui acceptât d'en prendre en charge la nature troublante et secrète. Les médecins renvoyaient aux psychiatres une balle que ces derniers refusaient d'attraper. Déjà isolée par une maladie qui, sans atteindre les proportions de mon enfance, continuait de me harceler chroniquement, je me trouvai soudain plus seule que jamais, abandonnée des uns comme des autres, en proie à un malaise que ne faisait qu'accroître la conscience nouvelle de toute absence de remède. Cela n'arrangea pas mes affaires, et je me souviens d'une dernière année de lycée particulièrement agitée. La peinture heureusement contrebalançait mes penchants compulsifs, et le vide uniforme de mes monochromes exerçait sur mes obsessions un attrait qui agissait comme un aimant, attirant à lui le trop-plein d'énergie que j'aurais sans cela dépensé à ranger follement.

25

L'homme est arrivé chargé de provisions. On aurait dit qu'il s'apprêtait à soutenir un siège. Il a posé sur la table un gros carton dont il a sorti, comme un prestidigitateur de son chapeau, un poulet rôti, des sacs de papier marron remplis de fruits, deux fromages de chèvre, du pain, du whisky, deux bouteilles de vin, des gâteaux, du chocolat. Je le regardais étaler tout cela sur la table et, tandis que je voyais son sourire illuminer ses traits, je me suis surprise à penser que rarement j'avais partagé un vrai repas avec l'architecte. Cela m'a frappée, j'ai essayé de me souvenir, mais ma mémoire ne contenait rien qui puisse me détromper. Je n'avais jamais remarqué à quel point l'architecte affichait de dédain pour la nourriture. Nous avions rarement mangé ensemble autre chose que des sandwiches. Mais il m'est apparu tout à coup, au spectacle de la table chargée de victuailles, que son indifférence pour la nourriture n'était que feinte, car ce qu'il refusait avant tout d'avaler, c'était le plaisir qu'elle apporte et la joie que procurent les repas que l'on partage. Cette ivresse s'ajoutait à toutes celles dont il nous avait privés... Ces pensées ont traversé mon esprit à toute allure. L'homme de la passerelle s'était assis en face de moi. Il avait l'air heureux.

– Vous avez faim ? a-t-il demandé.

– Heureusement que oui !

Il a éclaté de rire, j'ai ri aussi, mais j'avais envie de pleurer. Comment avais-je pu oublier toutes ces petites souffrances quotidiennes ? Mais pourquoi repenser à tout cela en cet instant ? Cela n'avait plus de raison d'être. J'avais terriblement envie de bouger, je me sentais coincée dans mon fauteuil et j'avais la désagréable sensation que, tant que je ne changerais pas de place, je continuerais de penser à l'architecte et aux tonnes de sandwiches cartonneux que nous avions avalés ensemble. Je me tortillais, j'avais mal aux fesses. L'homme de la passerelle l'a remarqué.

– Quelque chose ne va pas ?

– J'ai un peu mal au dos, mais ce n'est rien.

– Vous êtes sûre que vous êtes bien installée ?

– Oh ! vous savez, à force...

– Vous ne seriez pas mieux ici, dans ce fauteuil ?

– Non, laissez, ça va passer.

Je ne savais pas quoi dire.

– Attendez, a-t-il repris en se levant, on va essayer quelque chose. Est-ce qu'on peut vous déplacer ?

– Oui, mais je vous assure, ce n'est pas la peine. Ça va déjà mieux.

Je me sentais stupide et maladroite. Il se penchait déjà vers moi.

– Accrochez-vous à mon cou.

J'ai eu peur soudain qu'il s'aperçoive de quelque chose. Je portais une robe assez courte, trop en tout cas pour cacher mes mollets. Je me suis accrochée à la petite couverture enroulée autour de mes jambes; l'homme a cru à un mouvement de pudeur et il s'est arrangé pour me saisir par la taille, de sorte que je pouvais, tout en passant un bras autour de son cou, maintenir d'une main la couverture sur mes jambes. C'était grotesque. Au moment où il m'a posée sur l'autre fauteuil, j'ai été prise d'un fou rire nerveux. Je ne pouvais plus m'arrêter. Il me regardait, interdit. Il me dévisageait, ne sachant s'il devait rire aussi. Je me suis calmée peu à peu.

– Ça va mieux?

– Oui, merci, ça va très bien. Il y avait longtemps qu'on ne m'avait pas portée comme ça.

– Mais vous n'allez pas me dire que vous ne quittez jamais cette place! Vous dormez bien de temps en temps?

– Toutes les nuits, comme tout le monde. J'utilise mes béquilles pour me déplacer. Ça ne va pas très vite, mais j'arrive toujours à mon lit. Une fois, la femme de ménage qui vient tous les mardis a déplacé les béquilles. Je n'ai pas vu qu'elles ne les avait pas remises à leur place, près de mon fauteuil. Je m'en suis aperçue lorsque j'ai voulu aller me coucher.

– Et alors ?

– J'ai passé la nuit dans mon fauteuil.

– Mais c'est horrible ! J'espère que vous avez renvoyé cette femme de ménage.

– Non, elle était bien assez confuse comme ça quand elle l'a appris. Ça ne s'est produit qu'une fois, rassurez-vous… Bon, si on mangeait.

Pourquoi est-ce que je lui avais raconté ça ? J'étais encore sous le choc de la pression de ses bras, du contact avec son torse, j'avais senti son souffle sur ma nuque, je me sentais émue, troublée. J'avais besoin d'en rajouter pour masquer mon embarras. La conversation a glissé sur un autre sujet. Dix heures ont sonné, puis onze. L'homme de la passerelle n'avait pas l'air pressé de partir. Nous avions déjà vidé l'une des bouteilles de vin. Il a ouvert la seconde.

– Vous n'êtes pas très curieuse tout de même, pour une observatrice…

– Pourquoi dites-vous ça ?

– Vous ne semblez pas vous intéresser beaucoup à ce que je fais.

– Dans le beffroi ?

– Là ou ailleurs !

– Je n'osais pas vous le demander. J'attendais que vous me le disiez.

– J'attendais que vous me posiez la question.

– Eh ! bien ? Qu'est-ce que vous faites ?

– Je cherche.

– Vous cherchez quoi ?

– Justement, je ne le sais pas. C'est ce que je cherche.

– Mais qu'est-ce que vous voulez trouver ?

– C'est bien le problème, ça non plus je ne le sais pas vraiment. Il paraît que, sous l'église, il y a un trésor caché.

– Non ! Ce n'est pas vrai, vous me racontez des histoires. Il n'y a aucun trésor enfoui sous cette église.

– Bon, je vois qu'on ne vous la fait pas. En réalité, j'étudie les archives du diocèse dans la sacristie. Le curé m'a très gentiment permis l'accès à des documents qui m'intéressent pour mes recherches.

– Qu'est-ce que vous racontez encore ? Si vous travaillez dans la sacristie, pourquoi passez-vous par le beffroi ?

– Parce que la sacristie est fermée et que je ne veux pas déranger trop tôt la vieille dame qui a la clef. Alors j'entre dans l'église, je monte en haut du clocher, je rejoins le beffroi par la passerelle et je descends par l'escalier jusqu'à la sacristie. Il y a une porte en bas qui communique.

– Vous voulez dire qu'une fois dans la sacristie, vous êtes enfermé à l'intérieur.

– La vieille dame vient ouvrir dans la matinée.

– Et si vous vouliez sortir avant qu'elle n'arrive, il vous faudrait faire tout le chemin en sens inverse ?

– Exactement.

– Vous restez là-dedans toute la journée ?

– Je sors quand même déjeuner.

– Vous sortez par la porte que vous fermez à clef et vous allez la rendre à la vieille dame.

– Rendre quoi ?

– La clef !

– Non, je la garde ! Je ne la lui rends que le soir.

– Mais alors, pourquoi passez-vous par la passerelle le soir ?

– Pour vous voir.

Je ne m'y attendais pas et je suis restée sans voix. Il a repris :

– Je n'arrivais pas à croire que vous soyez toujours assise à cette fenêtre. J'ai cru tout d'abord, excusez-moi, que c'était un mannequin. Puis, quand je vous ai vue bouger, j'ai pensé que vous guettiez mon passage. Quand vous m'avez dit que vous étiez paralysée, alors j'ai compris que vous ne le faisiez pas exprès. C'est fou comme on peut se faire des idées. Je pensais répondre à votre attente, en fait vous ne m'attendiez pas du tout.

– Mais c'est un plaisir pour moi de vous voir passer chaque jour, ai-je protesté.

Je ne voulais quand même pas qu'il pense que ça m'était égal.

– Je me suis habituée à vous, je serais déçue si vous ne passiez plus sur cette passerelle.

– Je vous distrais, en quelque sorte.

La conversation prenait un tour qui ne me plaisait pas.

– Parlez-moi plutôt de vos recherches.

L'homme a poussé un petit soupir, puis a repris :

– Connaissez-vous l'histoire de saint Gengulphe ?

– Oui, je l'ai lue, mais personne ne me l'a jamais racontée dans le détail.

– Il est déjà très tard et c'est une longue histoire. Puis-je revenir demain, je vous la raconterai…

– A une seule condition. Que vous n'apportiez rien à manger !

26

Je ne sais comment cela vint, mais je décidai de quitter la maison de mes parents. L'exaspération où me jetaient les fugitifs rendez-vous avec l'architecte, nos errances dans la ville inhospitalière m'avaient fait prendre sans doute cette invraisemblable décision, dont il parut tout d'abord se réjouir beaucoup. Mais à quelques jours du déménagement, l'architecte disparut de ma vie comme on quitte la scène, par la coulisse, aussi silencieusement que possible. Il donna pour toute explication celle d'un voyage qu'il devait faire, imaginaire, précisa-t-il, il me suffirait donc de me figurer qu'il s'était embarqué sur quelque cargo panaméen, ou qu'il avait rejoint les steppes désertiques de la Mongolie-Extérieure, où ne vont ni la poste ni le téléphone. Il aurait pu justifier un départ, même intempestif, beaucoup plus difficilement une absence fictive. Mais l'architecte ne s'embarrassait point de ce genre d'incohérence, il ne s'étendit donc pas sur le sujet et me laissa en plan, un peu secouée par cette désertion brutale. Nous nous aimions, dit-il, rien ne pouvait nous arriver et les routes étaient sûres, je n'avais donc rien à craindre. Je fis mes cartons dans une atmosphère d'inquiétude et de légère anxiété, abandonnée à moi-même, tournant dans ma tête de sombres idées et des doutes plus sombres encore, pouvais-je me tromper à ce point ? Mieux valait ne pas l'envisager, il était désormais trop tard, car déjà je traversais la Seine à la rencontre de la rive gauche, mon nouvel appartement était situé à l'autre bout de la ville ; jamais je ne m'étais aventurée si loin.

L'architecte réapparut le jour même de mon installation ; je le vis arriver tout rayonnant dans la lumière du soir, il nous semblait nous être quittés depuis des années, nous nous dévisagions comme nous l'aurions fait d'un ami si changé qu'on hésite à le reconnaître, nous nous déchiffrions dans un mélange de méfiance et d'attendrissement, une sorte d'ivresse joyeuse s'était emparée de nous, nos paroles se chevauchaient mais les sons parvenaient à nos oreilles comme déformés, sans signification, seules restaient nos voix qui s'affrontaient comme deux jeunes chiens, se mordillant, jouant à se faire basculer, se jetant l'une sur l'autre avec délectation. Le soleil des derniers jours d'avril nous caressait doucement, la parenthèse des semaines si noires de l'hiver venait de se fermer, une nouvelle vie s'ouvrait à nous, enthousiasmante et heureuse.

Je me refusais à voir dans cette brève interruption de nos rencontres autre chose qu'un court-circuit, une panne comme celles qui plongent les maisons dans l'obscurité l'espace d'un instant, une erreur de connexion, un aléa de la technique, un de ces phénomènes inexpliqués ou qui plutôt relèvent d'une explication savante que fournit tôt ou tard un exaspérant petit homme, au milieu de la nuit tombée sur la salle à manger, et que l'on ne retient jamais, parce qu'alors on attend que la lumière revienne et on lève la tête vers le lustre, l'attention fixée sur les ampoules et non sur la théorie du bonhomme, ce qui vexe et énerve, car on reste aussi ignorant et surtout incapable de répéter l'explication, si simple en apparence.

Ainsi me trouvais-je, bien que je m'en réjouisse fort, un peu vexée du retour express de l'architecte, car il me semblait avoir été la victime un peu trop consentante d'un étonnant tour de passe-passe, tout comme l'on s'aperçoit, une fois rentré chez soi, que le bracelet que l'on portait au bras a disparu, kidnappé sans doute par le voisin de table du vieux physicien, à moins que… Que s'était-il passé pendant ces quelques jours ? Qu'avait fait l'architecte de si particulier qu'il ne puisse m'en parler ? Je me rendais bien compte que cela n'était pas normal, et que j'aurais bien dû me révolter un peu, mais je mettais sur le compte de mon inexpérience les étonnements et les questions et jouais les grandes personnes en me répétant intérieurement de belles maximes en latin, dont le sens m'avait sans doute échappé pour que je puisse les confondre avec des appels à la sérénité. Je marmonnais *« ad augusta per angusta »* en arpentant les rues de mon nouveau quartier, cela me rassurait. Pendant ce temps, le mois de mai apportait à Paris ses teintes tendres, roses et vertes.

Je ne me souviens pas avoir beaucoup travaillé à cette époque, sans doute n'y avait-il pas assez à faire à l'atelier de restauration. L'architecte venait me voir quotidiennement, à n'importe quelle heure du jour, le soir parfois. Il passait très vite, me promettant de rester plus longtemps la fois suivante. Certains soirs, il arrivait tard, si tard qu'il manquait du courage de rentrer chez lui. Il se couchait dans mon lit et s'y endormait, tombant d'un bloc dans le sommeil, comme assommé. Cela me stupéfiait, je le regardais dormir à l'instar de cet inconnu que j'avais découvert un jour allongé dans un sous-bois, près de chez mes grands-parents, et que je n'aurais même pas remarqué sans le léger sifflement qui s'élevait de sa poitrine, régulièrement. Je m'étais penchée sur lui, je l'avais observé. Je ressentais, à regarder dormir l'architecte, la même sensation de frayeur et d'attirance mêlées. Je cherchais à percer son mystère, à lui dérober ses secrets, je lui posais des questions en espérant qu'il me répondrait, du fond de ses rêves.

Je dormais peu alors, la sonnerie du chantier, qui retentissait vers sept heures, me trouvait souvent éveillée. C'était le signal du lever. Vivre seule me donnait la sensation d'un temps très étiré, les heures passaient lentement, le silence était lourd et épais, les après-midi duraient des siècles, qui se prolongeaient par de longues soirées, que j'occupais comme je pouvais. Je n'avais pas recommencé à peindre. Je passais beaucoup de temps à la fenêtre. Là n'étaient que des gris, doux gris de zinc parisien, jolis gris veloutés des gorges de pigeons, gris clair des trottoirs, anthracite de l'asphalte et des vieux immeubles trop sales.

27

– Gengulphe, qui vécut de 700 à 759, était un brave nobliau de Bourgogne qui combattit auprès de notre premier roi carolingien, Pépin le Bref. Gengulphe partit avec le roi bouter dehors les Aquitains, les Alamans, les Saxons et les Bavarois. Lorsqu'il revint chez lui, on lui fit savoir que sa femme le trompait avec l'intendant du château. On pouvait s'y attendre… Tout autre que lui aurait occis l'intendant et battu la femme. Gengulphe se contenta de se retirer dans une autre de ses propriétés, laissant à son épouse le château, et son amant. Mal lui en prit, car l'intendant vint l'assassiner quelques mois plus tard. L'Église fit de Gengulphe un saint. Sa bonté et sa générosité connues dans tout le pays facilitèrent la canonisation. C'est ainsi qu'en l'an 920, Gengulphe devint officiellement le patron des porteurs de cornes.

« C'est Odon, le deuxième abbé de Cluny – celui-là a vécu de 879 à 942 –, qui donna à un petit village des environs le nom de Saint-Gengulphe. Les moines bénédictins de Cluny y fondèrent un prieuré en 1020. Une église fut construite cent ans plus tard. Non sans quelques outrages, destructions et incendies, suivis de reconstructions et de divers travaux, l'église romane et le prieuré ont traversé les siècles. Nous les avons sous les yeux tous les jours.

L'homme de la passerelle se tut.

– Merci pour l'histoire. Vous parlez comme un livre. Mais comment se fait-il que vous en sachiez autant sur ce petit saint de village ?

– Ne le sous-estimez pas, il est beaucoup plus connu que vous ne le croyez. Sous des noms différents, on l'a prié un peu partout en Europe, on lui a élevé des églises, on lui a rendu des cultes non seulement en Bourgogne, mais en Champagne, en Alsace, en Belgique, au Luxembourg, en Allemagne et jusqu'en Tchécoslovaquie. J'aime beaucoup ce saint. Je ne sais ce qui rend son histoire différente des autres sordides affaires d'adultère que l'on rencontre dans tous les textes de l'époque, mais elle a la beauté des futures chansons courtoises des troubadours. Hélas ! la morale qu'en ont tirée les hagiographes est très éloignée de celle qu'a voulu laisser Gengulphe.

– Que voulez-vous dire ?

– Cet homme est bon, c'est évident, et il sacrifie à son propre bonheur celui de sa femme. Il ne l'accuse pas ; je crois même qu'il lui pardonne. Il accepte son amour pour un autre. Il faut une grande abnégation pour réagir de la sorte. Or, ceux qui ont transmis sa légende ont fait de sa femme une épouvantable sorcière, une possédée, une incarnation du diable. Ainsi Gengulphe devient une victime, alors qu'il s'est comporté en héros de l'amour, bien sûr, et non en dupe de la trahison. On en a fait un martyr de la foi conjugale. C'est horrible ! Tout d'abord, ce n'est pas un martyr, car il s'est défendu lorsque l'amant de sa femme est venu l'assassiner. Il n'avait pas du tout l'intention de se laisser égorger. Or les martyrs mouraient de plein gré, et pour une noble cause. Pourquoi est mort Gengulphe, à votre avis ? Pour que sa femme revienne dans le droit chemin, pour que son mariage soit sauvé, pour que l'amant soit puni ? Rien de tout cela : il est mort par accident. Pour lui, cette affaire était terminée, il s'était installé dans son ermitage, loin des soucis domestiques, et il fourbissait ses armes pour la prochaine croisade, voilà tout...

– Vous voulez dire que l'Église avait besoin d'un patron des cocus et qu'elle l'a choisi, lui, parce qu'il se trouvait là au bon moment ?

– Visiblement, la cause des mal-mariés, comme on dit, avait besoin d'un chef de file. Les mariages à problèmes devaient être légion. Ils se sont tous précipités sur ce saint qui rendait enfin justice aux maris trompés.

– Et les femmes, dans tout ça ?

– Ce sont toutes d'affreuses filles de Satan qui nous trompent et nous mènent en bateau.

Tout en parlant, il a pointé son index vers moi, en prenant un air menaçant. Je me suis sentie rougir... Mais il poursuivait déjà :

– Je ne crois pas qu'il existe une sainte patronne des mal-mariées, mais il faudrait vérifier.

– Vous êtes hagiographe ?

– Non, seulement historien. Mais cette histoire-là fait partie d'une série qui me permet de mieux cerner la façon dont l'Église a pris véritablement le pouvoir à cette époque. C'était en fait la seule structure vraiment solide et cohérente du pays. Mais on n'imagine pas à quel point l'Église avait déjà abandonné alors les bases du christianisme. Je vais d'ailleurs droit au but, je m'en prends directement aux moines de Cluny. Mais je vous ennuie avec mes histoires...

– Non, c'est passionnant, continuez !

– Je n'avais pas prévu de m'attarder. Je vous laisse.

– Déjà ? Mais vous venez à peine d'arriver.

– Excusez-moi, je ne peux pas rester trop tard ce soir. Je suis juste venu vous raconter l'histoire de Gengulphe.

– Eh bien ! Bonne soirée, alors.

– Merci. A vous aussi.

J'étais terriblement déçue. Mais qu'est-ce que j'imaginais ? Que cet homme allait passer ses soirées à me faire la conversation ? Son départ a laissé un si grand vide que je me suis soudain sentie plongée dans la plus extrême des solitudes. Il faisait encore jour, mais déjà les rues s'étaient tues et le couchant s'alourdissait de sombres masses rouges qui pesaient sur la terre. Par la fenêtre, je voyais la lumière changer d'instant en instant, le soleil avait disparu derrière la colline et le couchant s'embrasait de ses derniers rayons. C'était si beau que j'en aurais pleuré, d'émotion et d'impuissance à pouvoir égaler la couleur de ces ciels sublimes, envahie par le sentiment de ma vie plus fugitive encore que ces nuages qui s'allongeaient, se déformaient et se fondaient en matière invisible dans un azur teinté de sang, disparaissant derrière l'astre rouge dans l'abîme creusé par sa chute. Combien ma vie était pauvre et ridicule, étriquée, limitée, stupide et inutile ! Non, je n'étais utile à personne, c'était cela certainement qui me faisait le plus souffrir, de me savoir isolée au milieu des autres hommes sans que pas un ne me demande quoi que ce soit, un conseil, une faveur, un service, un peu de mon temps. Car j'aurais alors tout donné, j'étais prête à offrir ma vie entière en échange d'une attention, d'une once d'intérêt, d'affection, de tendresse. Mais je nageais dans un océan d'indifférence, et personne ne se souciait de moi, je n'avais même pas d'ennemis.

J'aurais pu être morte ou avoir disparu : personne ne s'en serait aperçu. Depuis que j'avais quitté Paris, pas un ami, pas une camarade n'avait donné de ses nouvelles. Je m'étais crue protégée au prieuré, j'avais cru fuir la persécution d'une ville où j'avais vécu les souffrances les plus vives, et je n'avais trouvé là qu'un tombeau, où je mourrais doucement, quand j'imaginais guérir. Ah ! mes TOC ne me harcelaient plus, je m'étais débarrassée des Érinyes qui poursuivaient mon âme telles de malfaisantes harpies, mais qu'avais-je gagné dans ce séjour tranquille, si ce n'est d'approcher la mort d'un peu plus près ? Je ne peignais plus, j'avais renoncé à tout ce qui faisait mon bonheur jusque-là, mes promenades dans Paris, les souvenirs des rues de mon enfance, les grandes ambitions que j'avais pour moi-même, et jusqu'à la compagnie des humains, que je ne fréquentais presque plus. Bien sûr, la douceur de la campagne apportait à mes plaies le baume qui les empêchait de s'ouvrir de nouveau, mais qu'avais-je à faire du calme et de la quiétude quand je n'aspirais qu'à la vie, bouillonnante et impétueuse, ravageant tout sur son passage, tel un torrent furieux, un volcan, un cyclone, quand je ne voulais que la force avec laquelle les arbres poussent leurs racines jusque sous le bitume, avec laquelle les herbes envahissent les bois, les prés, les moindres recoins au printemps, lorsqu'on pourrait sentir la sève qui les parcourt tant elle est vivace et sauvage, redoutable par sa puissance ?

Je suis sortie presque en courant. J'ai traversé le village, et j'ai escaladé la colline à même le flanc, sans prendre le temps d'emprunter le chemin qui va au sommet. J'avançais à toute vitesse, me cramponnant parfois aux touffes d'herbe desséchée qui sortaient de terre, calant mes pieds dans des trous, soufflant, haletant, sans parvenir à calmer mon avancée, à ralentir l'allure folle qui m'épuisait. Je suis arrivée au sommet en nage et hors d'haleine. La nuit était tout à fait tombée mais l'air était encore chargé de la chaleur du jour et aucune brise n'en venait adoucir la touffeur. Devant moi se dressait la petite maison à demi écroulée qui fut jadis une maison de vigne, et où je vais souvent, car on y est au cœur de la campagne, en pleins champs, bien qu'à deux pas du village. J'ai franchi la haie qui entoure ce qui fut peut-être un jardin, ou un carré de potager, et je me suis assise sur le seuil, je sentais la chaleur de la grosse dalle de pierre à travers le tissu léger de ma robe, et j'entendais mes poumons se calmer, se dégager de la violence de l'effort qu'ils venaient de faire. Au-dessous de moi se tenait le village, petit et ramassé sur lui-même, éclairé par quelques réverbères et des projecteurs isolés, braqués sur le château, l'église, les remparts. La nuit bourdonnait de mille bruits d'insectes, et j'entendais de temps en temps le doux appel d'une chouette. Des chauves-souris passaient en zigzag dans le ciel où s'allumaient les étoiles. Quelle paix, quelle bouleversante impassibilité se dégageaient de la terre toute proche, que je pouvais toucher de la main ! Je songeais à la planète tout entière, tournoyant au milieu de milliers d'autres astres. Que savions-nous de ces étoiles, brillantes comme autant de joyaux à la couronne des divinités célestes ?

Tout nous est caché, malgré notre petit savoir, ignorants que nous sommes de l'essentiel, du principe lui-même. Qu'est-ce que cette vérité dont on nous parle avec tant de respect, quand nous ne connaissons rien de ce qui nous entoure, et jusqu'à ce qui fait notre propre personne ? La plupart des vérités nous sont invisibles, inaccessibles, et nous devrions tenir le mensonge pour une grave erreur, une faute impardonnable ! Mais peut-on en vouloir aux autres de comprendre les choses différemment de nous, alors que personne ne sait comment appréhender une réalité qui nous échappe presque entièrement ? Si je dis à cet homme que je suis paralysée, c'est que je le suis en effet. Je lui mens, d'une certaine façon, mais ce que je lui cache, ce n'est pas la vérité, c'est précisément le mensonge que je ferais si je me présentais sans aucune défaillance.

Mon esprit a ainsi dérivé durant un temps qui m'a paru très long, et je le laissais faire, trop affaiblie pour l'empêcher de poursuivre ses délires ascensionnels, ascensionnels car mes pensées s'élevaient vers les constellations, je ne pouvais détacher mes yeux des étoiles que je finissais par voir scintiller comme autant d'ampoules faiblissantes à l'intensité incertaine, qui dans un dernier sursaut envoyaient leur ultime lueur. Je m'étais appuyée contre le chambranle de la porte qui depuis longtemps avait été arrachée, et je m'abandonnais au contact de la pierre rugueuse qui râpait légèrement mon dos, là où s'arrêtait le tissu de ma robe. Du sol s'élevaient les odeurs de la nuit, mélange de fraîcheur tombée et de chaleur exhalée qui se répandait dans l'air comme un parfum. J'ai dû m'endormir là, au seuil de cette cabane, abritée par les buissons de ronces et d'aubépines, car soudain j'ai ouvert les yeux et j'étais à moitié couchée en travers de la porte, le coude broyé par le poids de ma tête, fourmillant de mille frissons, baignant dans une flaque de lumière laiteuse projetée par la lune, pas encore pleine mais déjà grosse, énorme œil braqué sur moi comme sur le coupable celui de la justice céleste. Je me suis levée et je suis redescendue vers le village, je me tordais les chevilles dans la pente et j'avais froid, mais quelque chose s'était tu en moi, ce petit chant grinçant comme un cri minuscule, étouffé et qui me sciait les nerfs depuis des jours. Je suis rentrée au prieuré et je me suis glissée dans mon lit, voluptueusement. Je sentais mon corps intensément, chaque centimètre de peau, chaque petite veinule battant doucement, chaque nerf chaque fibre, tout cela lié dans un élan unique, celui de la vie qui circulait en moi, de mes muscles à mes cheveux, de mes ongles à mes plus profonds organes.

Depuis que je suis ici, j'ai souvent cherché à retrouver cette sensation, mais tout est si faible en moi, tout marche si lentement, on dirait qu'un frein empêche mon corps d'être lui-même, mon corps meurtri, blessé, brisé, mais apaisé. Parfois, du fond de mon ventre monte une sorte d'indicible panique, je voudrais prendre mes jambes à mon cou alors et fuir, courir, partir loin d'ici, le plus loin possible. Mais la plupart du temps, c'est au contraire un sentiment d'abandon délicieux qui me gagne et me fait flotter au-dessus de toute sensation. J'ai l'impression d'être une sainte que Dieu appelle à lui, par des voix inaudibles.

28

Assez vite, j'ai eu l'idée des photos. Le chantier ne faisait que commencer, les ouvriers s'agitaient au fond d'une fosse, ils édifiaient les cloisons des parkings souterrains. Je m'installais à la fenêtre et je les regardais travailler, pendant des heures. La précision de leurs gestes, la technique avec laquelle ils manœuvraient de lourdes machines, l'espèce de ballet incessant que formaient leurs déplacements, les couleurs du chantier, énorme masse grise piquetée de points jaunes et bleus, de carrés rouges, tout cela me fascinait. Une pellicule de trente-six poses durait trois semaines, à raison de deux photos par jour, cinq jours par semaine, plus quelques extras lorsque se déroulait sous mes yeux un spectacle qui me semblait exceptionnel, telle la pose d'une dalle descendant doucement dans les airs, retenue aux quatre angles par des filins, l'ajustement d'un moule à béton, l'arrivée de deux camions bleu vif, dont l'un des chauffeurs lustrait les ailes arrondies avec un chiffon jaune tandis que le sable s'écoulait de la benne, l'apparition un jour de pluie de cirés orange comme autant d'astérisques colorés et brillants circulant au milieu des banches rouges. Toutes les trois semaines, j'allais faire développer la pellicule et, en remontant la rue de la Gaîté, je regardais l'une après l'autre les images de cette bande dessinée de la construction. On aurait dit les photogrammes d'un film. J'affichais ces séries au mur, contre un panneau de liège sur lequel je fixais les photos avec de petites épingles.

Lorsqu'il arrivait chez moi, avant même de poser sa sacoche ou sa veste, l'architecte allait à la fenêtre pour observer mon chantier. On aurait dit qu'il prenait à cœur de suivre ces travaux, exactement comme s'il se fût agi d'un immeuble dont il aurait lui-même dessiné les plans. Il critiquait tout, sans cesse, mais malgré ses réflexions désobligeantes, je sentais bien qu'il aimait ce chantier, parce que c'était le mien, celui auquel je m'intéressais. Comme moi, il s'installait à la fenêtre et observait l'avancée des travaux. Je voyais là le signe principal de son affection et de son intérêt pour moi. J'aurais préféré qu'il s'exprime de façon moins détournée, mais puisque quelques tonnes de béton pouvaient faire office de médiateur, pourquoi leur refuser ce rôle exceptionnel ?

Nos rendez-vous avaient pris une teinte tragique que je ne pouvais effacer, j'avais à chaque instant la sensation que l'architecte m'échappait, non que je veuille à tout prix le retenir, mais sa façon de ne jamais se donner m'attristait plus que tout. Quelque chose que je ne comprenais pas nous séparait, malgré tous nos efforts. Je me rendais bien compte que le malaise qui avait grandi entre nous pendant l'hiver reprenait le dessus. L'architecte avait certains jours un air fourbu et accablé que je ne lui connaissais pas. On aurait dit qu'un poids l'oppressait, l'essoufflait, tout comme s'essoufflait notre amour, étiolé de trop d'attente. Il me disait qu'il lui fallait du temps, que tout allait s'arranger, que nous allions vaincre un jour toutes les difficultés qui nous barraient la route comme autant d'infranchissables montagnes, il me promettait un avenir heureux, dont j'occuperais la place principale, comme un royaume sur lequel je régnerais à ses côtés.

J'imaginais des situations si périlleuses que je n'osais en demander la nature, des labyrinthes, des fossés dangereux, des portes barricadées, des places fortes imprenables. C'était l'idée que je me faisais de sa vie, dont je ne savais presque rien tant il mettait de soin à m'en dérober les détails. J'inventais toutes sortes d'hypothèses subtiles, inspirées des histoires à clef dont les rebondissements stupéfient le lecteur, mais à chacune s'offrait apparemment une solution simple qui me faisait l'abandonner. Il s'agissait donc de quelque chose de beaucoup plus impénétrable, quelque travail d'Hercule qu'il lui fallait accomplir, et dont mon esprit ne pouvait percer le mystère. Je l'interrogeais parfois, quand je sentais faiblir ses résistances, mais il me faisait invariablement la même réponse. « Bientôt, disait-il, bientôt, tout va bientôt s'arranger. » En son absence, je torturais mon cerveau, cherchant dans ses paroles un indice, fouillant ma mémoire, retraçant nos conversations. Mais je m'épuisais en d'inutiles combats. Ses visites, aussi courtes soient-elles, me faisaient immédiatement balayer toutes les suppositions formulées en son absence. Un sourire, un petit geste me redonnait espoir, ses paroles les plus anodines me rassuraient et me faisaient douter de ma propre raison. Pourquoi lui refuser une confiance qu'il sollicitait avec tant d'insistance ? J'avais honte de ma faiblesse. Je faisais alors taire mon impatience et durant les heures qui suivaient son passage, je chassais de mon esprit les improbables théories que j'avais échafaudées. Mais plus l'espace entre deux rencontres s'élargissait, plus m'obsédaient les épouvantables doutes qui me venaient la nuit lorsque, seule dans mon lit, je cherchais désespérément le sommeil.

L'architecte croulait sous le travail, je le voyais moins, il me téléphonait le soir de son bureau, à des heures impossibles, ou bien le matin, très tôt, avant de partir travailler, pour me dire qu'il n'aurait pas le temps de passer me voir. Mai déjà s'achevait, dans la pluie et le vent. Lorsque de temps en temps j'allais à l'atelier, je rentrais à pied. Je me souviens d'une fin d'après-midi plombée, je marchais vite, j'étais gelée. Sous la pluie, mon nouveau quartier, avec ses immeubles en construction, ses murs de béton qui s'élevaient à chaque coin de rue, ses terrains vagues où trônaient d'énormes tas de gravats, ressemblait à un décor de film allemand des années vingt. Il fallait passer le long de trottoirs défoncés, sur de petits ponts de planches qui longeaient les palissades. Les planches, couvertes de boue, glissaient sous les semelles. Ces passages étaient couverts de tôles mal juxtaposées qui laissaient passer l'eau, des gouttes me coulaient dans le cou. Dans ma rue il y avait un fleuriste, j'y étais entrée acheter des fleurs, un bouquet de petites roses, dans lesquelles j'avais plongé mon visage en montant l'escalier. Je me rappelle la caresse des pétales tendres sur mes joues mouillées par la pluie.

L'homme de la passerelle m'a apporté un bouquet de roses, le lendemain du soir où il était parti si vite. Il devait être une heure de l'après-midi, je prenais un café au premier étage lorsque j'ai entendu sonner. Je me suis penchée à la fenêtre et je l'ai vu devant la porte. Heureusement, il n'a pas levé la tête. Je me suis précipitée dans l'escalier, j'ai regagné le troisième étage aussi vite que j'ai pu et je me suis jetée dans le fauteuil le plus proche du lit. J'ai ramassé à la hâte la couverture qui traînait par terre et je l'ai posée sur mes jambes. Une minute plus tard, on frappait à ma porte. L'homme est entré, j'étais encore essoufflée, il s'en est aperçu.

– Excusez-moi, je suis désolé de vous déranger. Je vous ai fait peur ?

– Non, mais j'étais dans mon lit lorsque j'ai

entendu la sonnette. Je n'attendais personne. Je me suis levée un peu vite.

– Oh ! je suis vraiment confus. Je pensais trouver porte close. J'ai sonné, mais je me doutais bien que personne ne viendrait ouvrir. Enfin, votre femme de ménage aurait pu se trouver là… J'ai voulu vous téléphoner ce matin, mais j'ai réalisé que je n'avais pas votre numéro. J'allais repartir, et puis j'ai tourné la poignée. C'était ouvert.

– Eh bien, asseyez-vous !

– Tenez, a-t-il dit en me tendant les fleurs, c'est pour me faire pardonner. Mais je ne pouvais pas rester plus longtemps hier soir.

– Merci beaucoup, c'est très gentil. Les vases sont en bas. Cela vous ennuierait d'aller en chercher un ?

Pendant qu'il descendait, j'ai eu une sorte d'éclat de rire silencieux, qui m'a secouée de la tête aux pieds. Je me sentais d'une lucidité de cristal. L'homme de la passerelle est revenu avec un vase dans lequel j'ai arrangé les fleurs. C'étaient des roses de jardin, très parfumées, aux tiges irrégulières et épineuses.

– Je les ai cueillies pour vous.

– Elles sont très belles. J'adore les roses, leur chair, leurs couleurs, leur nature éphémère… Merci beaucoup. Je ne savais pas que vous aviez un jardin.

– Mais je n'en ai pas. J'étais invité à dîner chez des amis qui en ont un.

– Voilà pourquoi vous deviez partir…

– On ne peut rien vous cacher. Dites-moi, est-ce

vraiment raisonnable de laisser votre porte ouverte ? Vous n'avez pas peur ?

– D'abord, ce n'est pas moi qui la laisse ouverte, mais la dame qui vient le matin. Et puis, de quoi aurais-je peur ? Qui voulez-vous qui entre ici ? Et pour quoi faire ? Vous croyez qu'on va venir m'assassiner ?

– Non, mais n'importe qui peut entrer chez vous. On pourrait chercher à vous cambrioler.

– Il n'y a rien à voler ici, et tout le monde le sait. A part l'escalier et les murs.

– Quand même, vous pourriez dire à votre femme de ménage de fermer la porte quand elle part.

– Si elle le faisait, vous ne seriez pas ici. Je ne pourrais jamais recevoir de visites, je serais enfermée…

– C'est vrai ! Mais pourquoi alors ne pas installer un interphone, avec une ouverture électronique de la porte, comme dans les immeubles ?

– Parce que ça coûte très cher pour un intérêt très limité. Je suis ravie que l'on puisse entrer chez moi comme dans un moulin. Comment ferais-je pour recevoir les fleurs que me font livrer mes admirateurs ?

Il a ri, je réfléchissais à toute vitesse. Il me fallait absolument lui faire comprendre qu'il ne devait pas venir ainsi à l'improviste, même si la porte était ouverte.

– Je vous accorde que, d'habitude, on me prévient…

– Excusez-moi encore, je ne voulais pas vous déranger.

– Vous ne m'avez pas dérangée, mais je déteste recevoir mes visiteurs dans mon lit.

Il a souri et c'est en voyant le petit pli narquois au coin de son sourire que j'ai compris le double sens des mots que je venais de prononcer. Leur ambiguïté ne lui avait pas échappé. J'ai fait semblant de ne m'apercevoir de rien.

– La prochaine fois, je prendrai rendez-vous. Puis-je vous demander votre numéro de téléphone, ma chère ?

Il se moquait de moi. Je le lui ai donné assez sèchement, en pensant qu'il fallait que j'aille chercher un autre poste à installer au premier étage. Depuis que j'avais apporté le téléphone au troisième, mon numéro ne répondait plus, faute de prise au bout du fil. L'homme ne souriait plus, j'ai eu tout à coup l'impression que je l'avais froissé.

– Quand venez-vous dîner ?

– Quand m'invitez-vous ?

– Ce soir, si vous voulez, ou demain.

– Ce soir. La porte sera ouverte, je suppose, a-t-il lancé ironiquement.

– Je demanderai à mon prochain visiteur de ne pas la fermer.

– Sans rire, vous la laissez ouverte aussi la nuit ?

– A votre avis ?

– Je ne sais plus que penser, avec vous.

– Ne pensez rien, et venez vers sept heures. A ce soir !

Il s'est passé quelque chose durant cet entretien qui est venu troubler l'équilibre institué de nos rapports courtois et amicaux. Tandis que je caressais du bout des doigts le velours orangé des pétales de roses, je sentais une sourde colère m'envahir, une agressivité que je ne comprenais pas monter en moi et me troubler au point que j'ai dû me lever et descendre dans la salle de bains m'asperger le visage d'eau froide. Que se passait-il pour que soudain j'aie envie de casser le fil qui me liait à l'homme de la passerelle ? J'avais besoin de le pousser à bout, de le forcer dans ses retranchements, de le faire sortir de ses gonds. Que voulait-il à la fin avec ses sourires affables, ses airs désinvoltes et ses manières de jeune homme bien élevé ? Que cherchait-il ? Pourquoi ne me laissait-il pas tranquille et pourquoi venait-il me surprendre au beau milieu de la journée, chez moi ? Qu'avait-il ainsi à me tyranniser, à me faire souffrir ?

Mais quelle sotte je faisais ! Voilà que je délirais tout à fait maintenant. Aller l'accuser, lui chercher querelle, trouver maints griefs dont j'allais lui tenir rigueur… Alors que c'était moi qui le trompais, le trahissais, moi qui reculais devant ce que je n'osais encore nommer, et qui par peur cherchais à lui faire porter la responsabilité de ce que j'avais engagé. Mais dans le trouble où je me trouvais, je ne parvenais pas à distinguer ce qui m'émouvait tant, du mensonge que je lui avais fait et qui m'encombrait plus que jamais, ou du sentiment que je sentais m'envahir et qui me gênait tout autant, car il n'y avait pas en moi assez de place pour les loger ensemble, et la lutte que commençaient à se livrer les deux démons me donnait la nausée, l'envie de crier pour expulser ce dilemme intérieur dont je perdais peu à peu le contrôle.

29

Je ne disais rien à l'architecte de ma détresse. Je ne lui disais rien non plus de mon attente, de ma frayeur. Mes parents qui, du temps où je vivais chez eux, étaient pourtant souvent sortis ou en voyage me manquaient : je faisais l'apprentissage du premier vol hors du nid. J'avais perdu les repères de ma maison, ma chambre, la pièce collée, le petit bureau de mon père où j'allais lire lorsqu'il était absent, la cuisine et son odeur de génoise et chaque meuble, chaque recoin que je connaissais si bien. J'aimais mon nouvel appartement, mais je m'y sentais seule, seule dans un quartier inconnu, aux rues vidées par les chantiers, aux boutiques fermées, aux trottoirs crevés, aux rares cafés. J'avais peu d'amis et le téléphone ne sonnait quasiment jamais. Mes journées étaient de plus en plus vides. L'inaction me désespérait presque autant que l'attente.

Mais dès que l'architecte entrait, il opérait sur moi tel un puissant anesthésique et j'oubliais instantanément ma tristesse pour ne plus penser qu'à l'avenir que nous aurions ensemble, lorsqu'il serait débarrassé de ses concours, de ses chantiers, de ses projets, dossiers, maisons, garages, crèches, marchés couverts et fontaines qui l'arrachaient à moi et nous séparaient inexorablement. Dès qu'il apparaissait, dans la lumière de la grande pièce claire qui donnait sur le jardin, je retrouvais ma gaieté et mon enthousiasme de petite fille, tant le plaisir de l'avoir devant moi balayait les cauchemars de la nuit, les peurs du jour. Je riais, je sautillais autour de lui, tandis qu'il regardait les photos, dont les rangées s'alignaient sur le mur. Il m'écoutait parler, souriant et attentif, mais plus jamais il ne parlait d'amour. Je sentais pourtant qu'il attendait lui aussi quelque chose, et ne pas deviner quoi, ne pas trouver ce qu'il voulait de moi me remplissait d'angoisse, une anxiété sournoise m'envahissait de plus en plus souvent, celle de le perdre, de le voir s'enfuir, doucement. Mais les signes étaient si contradictoires, si difficiles à transcrire les messages que je recevais de lui : on eût dit des paroles codées dont je ne comprenais pas le sens, pas plus que je ne trouvais la clef de ces nouveaux langages dont il semblait avoir seul déterminé les règles.

L'architecte s'aperçut que je ne faisais rien de mes journées. Il m'encouragea à peindre, me poussa à travailler. J'étais alors dans un tel désarroi que je ne savais plus que faire. Les monochromes m'attiraient de nouveau, mais je n'osais recommencer une série, la dernière, qui datait d'un an, m'ayant laissée dans un état qui m'avait un peu effrayée. J'avais l'impression de jouer avec le feu en rouvrant une boîte au fond de laquelle se tapissait un génie à la fois superbe et terrifiant, bienveillant et diabolique. La pensée qu'il ne me restait plus rien à perdre me rendait malheureuse, je me sentais si jeune, mais ce fut sans doute elle qui eut raison de mes hésitations.

De son côté, l'architecte me guidait doucement, usant de subterfuges et de ruses imperceptibles. Quand il venait, il regardait attentivement ce que j'avais fait depuis sa dernière visite. Il restaurait mes forces épuisées et, lorsque je n'avais plus confiance en moi, que j'étais prête à abandonner, il me secouait comme un maître houspille son élève, me menaçant si je ne continuais pas de ne plus revenir. Ses fausses réprimandes me donnaient le courage de poursuivre. C'était sans doute sa façon de me dire qu'il m'aimait, c'est du moins ainsi que je l'entendais alors. Mais n'était-ce pas au contraire le comble de la trahison de me pousser dans une voie où j'allais m'égarer, et où les heures que je passerais à retrouver le chemin de la sortie lui seraient autant d'instants gagnés. Avait-il réellement poussé si loin la perfidie ? Et me mentait-il au point de vouloir me faire croire que son amour dépendait en partie de mon travail ? Car en rien je n'aurais voulu lui déplaire et j'aurais peint s'il l'avait souhaité de quoi recouvrir la planète. A moins qu'il n'ait essayé de m'expédier doucement vers des régions où j'oublierais peu à peu la passion qui me dévorait, trop absorbée par les gouffres colorés dans lesquels je me plongeais avec rage et délices, car en effet l'ivresse que me procuraient les couleurs me faisait oublier la seule qui se présentât constamment à mes yeux, le rouge de mon sang que je perdais goutte à goutte, le carmin vif de la blessure qui s'ouvrait en moi de plus en plus large et béante, obscurcissant tout de son éclat affolant, envahissant l'espace comme un torrent furieux, bouillonnant, dévastateur.

Aveugle au monde, j'interprétais chacune des paroles de l'architecte comme autant de déclarations, je revivais, la peinture me dynamisait, occupait mes journées. Le soleil revenait à Paris, juin se montrait plus clément que mai. L'arbre du petit jardin poussait ses feuilles jusque dans ma fenêtre. Le chantier avançait, dans un fracas qu'atténuait la double vitre de la pièce où je travaillais.

30

Peu à peu, l'homme de la passerelle a pris l'habitude de venir presque tous les soirs. Sans que rien n'ait été vraiment décidé, le rythme s'est institué, et il nous a semblé bientôt tout à fait naturel de passer plusieurs heures ensemble chaque jour. J'avais craint au début de ne pouvoir supporter la position immobile que m'infligeait ma fausse paralysie, mais au contraire je m'y suis très vite sentie à l'aise et j'ai même si bien intégré mon nouvel état qu'il me semblait parfois être réellement privée de l'usage de mes jambes. A certains moments cependant, lorsqu'un silence se prolongeait un peu trop, regarder l'homme de la passerelle exaspérait en moi une fibre profonde, et je me mettais alors à chauffer, ma température s'élevait dans tout mon corps, c'était affreux, mes mains transpiraient, mes pieds se collaient dans mes sandales, ma robe se plaquait contre mon dos et mes reins, mes jambes me brûlaient. J'aurais alors tout donné pour me lever et faire sortir par un mouvement brusque cette chaleur qui m'étouffait. Mais je restais assise, je respirais profondément et ça passait, la température retombait, lentement.

L'homme se troublait aussi, parfois. Lorsque le soir tombait, que la lumière baissait doucement, que l'horizon se drapait d'un bandeau rouge, lorsque soudain on s'apercevait qu'il allait falloir allumer les lampes, alors il plongeait son regard dans mes yeux, au cœur de la pénombre, il se levait et faisait mine d'aller vers l'interrupteur, mais au lieu de s'avancer il restait devant son fauteuil et me souriait, de ce fin sourire qui tirait un trait horizontal entre ses lèvres. Puis tout à coup, il bondissait sur la lampe et l'allumait, en disant « attention ». Je savais qu'il était ému et j'avais dans ces instants-là l'envie de m'agripper à lui, de me suspendre à son cou et de l'attirer à moi, vers ce fauteuil que je ne pouvais quitter. Mais je me retenais, car alors je lui aurais paru monstrueuse et il aurait fui, sans que je puisse l'en empêcher. Me lever et marcher vers lui ? C'était pire encore, le choc pouvait avoir un effet désastreux. Et s'il allait succomber, le cœur soudain broyé par une main de fer, et s'écrouler devant moi, les yeux révulsés comme ceux de Véra Clouzot dans *Les Diaboliques*, lorsqu'elle voit le cadavre de son mari reprendre vie. Non, il me fallait rester assise et faire taire l'élan qui me poussait vers lui.

Attendre, attendre encore, comme s'il était écrit que nous passerions notre vie à attendre, alors qu'il ne nous est offert que si peu de temps, une si minuscule durée, et que nous ne pourrions encore utiliser pleinement, remplir à craquer. Ah ! quelle révolte montait en moi ces soirs-là, quelle impatience m'agitait, quelle fureur de me sentir prisonnière, attachée au piège que j'avais moi-même dressé et qui ne m'apprenait rien de ce que j'avais voulu savoir, mais une vérité bien plus terrible, bien plus cruelle encore, celle de l'implacable déroulement des choses commencées, qui doivent jusqu'à leur terme se poursuivre, inexorablement, sans que nul ne puisse en venir arrêter le cours.

L'homme de la passerelle me racontait soir après soir l'histoire des premiers siècles de cette Bourgogne que je connais si bien, celle des églises romanes et des vignobles plantés par les moines, celle des ducs et des rois, et je songeais en l'écoutant que ce qui nous était laissé du savoir de nos ancêtres était si mince, si fragmentaire et incomplet qu'il nous fallait, pour reconstituer un ensemble qui ait l'allure d'une histoire possible, à peu près cohérente, inventer, imaginer, deviner ce que l'on ignorait, mentir enfin. Gengulphe était un exemple admirable du mensonge de l'histoire. On lui avait volé sa mort et jusqu'à sa vie même de brave homme qu'on avait transformé en saint. Et, pour comble d'ironie et de cynisme froid, on avait fait de lui le symbole d'un homme trahi.

Je restais confondue de surprise en entendant l'homme de la passerelle me parler de gens disparus depuis huit cents ans comme s'il les avait connus personnellement, et rencontrés la veille sur la place du marché. Il m'expliquait qu'il ne s'intéressait pas aux faits ni aux situations, mais à leurs conséquences et à la façon dont les événements se déroulaient, s'enchaînaient pour former un fil que l'on pouvait suivre des yeux, à travers les siècles. Le reste n'avait aucune importance, et l'on pouvait attribuer tel propos à celui-ci, tel acte à cet autre, inventer quantité de détails et broder tant qu'on voulait autour des documents parvenus jusqu'à nous, rien ne comptait vraiment du moment que cela n'interférait pas sur l'interprétation générale et la compréhension des grandes lignes. « Là-dessus, disait-il, on n'a pas le droit de se tromper, et rester le nez collé sur des petits faits est encore la meilleure façon de ne pas saisir l'ensemble et de ne rien comprendre à ce qu'on appelle l'Histoire. »

Ce discours me surprenait autant qu'il me donnait à réfléchir. Ainsi l'homme de la passerelle mentait-il lui aussi, à sa façon. Loin de me rassurer, cette découverte a accru la perplexité dans laquelle me plongeait mon propre mensonge, que je ne pouvais plus contenir, tant il prenait de place et envahissait mes pensées. Je me retenais tant de bouger durant nos soirées, alors que j'en brûlais d'envie, que dès que mon visiteur était sorti, je bondissais à mon tour hors du prieuré pour me lancer dans de grandes marches qui m'entraînaient dans la campagne paisible, au cœur des nuits d'été. Je m'épuisais sur les chemins d'où s'échappaient de petits bruits d'insectes, de grenouilles, d'oiseaux nocturnes, j'usais mes jambes jusqu'à avoir mal aux tendons, aux muscles, j'avançais le plus vite possible, je courais même, emportée par une énergie qui ne s'éteignait qu'au matin, à l'heure où l'aube éclaircissait les haies, les teintait de bleu et soufflait la lumière sur les arbres endormis.

Au cours de ces marches forcées, mon esprit battait la campagne au rythme où la foulaient mes pieds, et je pensais à l'architecte, essayant de démêler une fois encore, une dernière fois pensais-je car après je refuserais d'y songer, l'écheveau d'une passion qui m'apparaissait désormais comme une grossière imposture. Les souvenirs me sautaient à la tête telles des bêtes féroces bondissantes, comme je me jetais moi-même sur le téléphone lorsqu'il résonnait dans les pièces vides de mon appartement, cri d'animal blessé, celui de l'architecte dont j'attendais les appels fébrilement. Les journées s'allongeaient. On approchait du solstice. Le temps passait lentement et les après-midi s'étiraient, interminables.

Je ne m'habituais pas à mon nouveau quartier. Je m'y sentais en exil, à l'étranger, de passage. J'étais tout cela réellement, malgré tous mes efforts pour rendre familières par de longues promenades les rues qui bordaient mon pâté de maisons. Mais toujours mes pas me portaient au-delà, vers les quais, vers le fleuve. Il y avait là, près du pont de la Concorde, un bateau qu'un ami de mon père avait acheté. Il était encore inhabité, en attente de réparations. A l'intérieur, des chalumeaux traînaient, des plaques de tôle s'entassaient contre les parois de la coque, des bonbonnes d'air liquide s'appuyaient aux montants. Sous le plancher, de l'eau clapotait, que l'on apercevait au hasard des trous béants, là où les planches du sol s'étaient enfoncées. Sur le pont, deux transats aux toiles délavées claquaient au vent. Souvent ils étaient renversés ou plaqués contre le bastingage, prêts à tomber à l'eau. Je venais parfois m'y installer pour lire, quand il faisait beau. Je me déshabillais et m'installais face à la Seine. Les cris des touristes qui passaient en bateau-mouche ne me détournaient pas de ma lecture. Les rayons du soleil, reflétés par la peinture claire du pont, me chauffaient la peau. Je me détendais, je fermais les yeux et je m'amollissais, les bras pendant sur les côtés. Des larmes coulaient doucement sur mes joues, salées, et je pleurais ainsi quelques minutes, dans une douce tristesse dont je sortais plus forte. Je rentrais chez moi en fin d'après-midi et j'attendais que le téléphone sonne en buvant des verres de vin rouge.

Certains soirs, des bouffées de bonheur m'envahissaient pourtant. La lumière de juin, le bruit des feuilles de l'ailante du jardin, le calme de l'attente me transportaient. Je m'étonnais alors de mes inquiétudes, de mes peurs, et je riais seule, embarrassée de mon corps qui ne trouvait pas à s'exprimer. Mes bras battaient l'air, agités de petits mouvements frénétiques, ou bien donnaient de grandes claques autour de moi, à d'imaginaires ennemis. Je rêvais d'étreintes sublimes, de batailles, de prises de corps et d'embrassements. Je désirais de la part de l'architecte un geste qui m'aurait rassurée, une seconde contre sa poitrine, dans ses bras, un baiser plus chaud, plus long. Je n'osais que prendre sa main, tandis qu'il me regardait de ses doux yeux de velours aux cils longs et courbés. On aurait dit que des chaînes bridaient son corps entier, qu'il était entravé, ligoté serré. La douleur qui se lisait parfois dans son regard me terrorisait. Lorsque je l'évoquais, il devenait muet et se fermait plus encore, comme si quelqu'un dans son dos avait resserré ses liens. Ses départs me laissaient désemparée, rompue, seule dans la nuit. Je lisais des heures dans mon lit, et mes insomnies se poursuivaient parfois jusqu'à l'aube. Je voyais le jour se lever, avant cinq heures, et je m'endormais enfin, jusqu'à ce que la cloche du chantier vienne me réveiller, deux heures plus tard.

J'étais incapable de peindre plus de dix minutes d'affilée. Lorsque je m'installais devant une toile, presque aussitôt je me relevais, déconcentrée. Mais ces courts instants donnaient souvent lieu à de fulgurantes trouvailles. Je posais une couleur, et elle était parfaite. La juxtaposition de mes microscopiques intuitions avait pour résultat un vrai travail, mais dont je n'avais pas perçu l'effort ni la durée, ce qui m'empêchait d'en saisir la réalité. La facilité avec laquelle je peignais me décourageait. Loin de me réjouir, elle me persuadait de la futilité et de la vanité de l'entreprise. Je ne croyais pas à cette grâce qui touche parfois les artistes. Ce qui se faisait vite et sans concentration me paraissait sans intérêt. L'architecte pourtant continuait de m'encourager, et j'acceptais ses compliments sans en croire un seul mot, pour le simple plaisir d'entendre ses douces paroles répandues comme un baume sur mon cœur meurtri.

Aucune souffrance ne peut être comparée aux peines de l'amour blessé. Aujourd'hui, par instants, la douleur me déchire le corps au point que je ne sais plus où j'ai mal, du dos, des épaules ou des jambes. Mais ce mal, vrillant pourtant et insistant, diffus et sourd, aigu et si violent à la fois que j'en demeure parfois le souffle coupé, ne me pèse pas tant que l'effroyable pression qui me broyait le thorax lorsque j'écartais de mes yeux le masque du leurre et de l'illusion. Je m'empressais de le replacer au plus vite, n'osant voir là qu'une image machiavélique que produisait mon esprit dérangé, après tout n'avais-je pas de preuves de son amour, celles des phrases de l'architecte que je me répétais sans cesse en ritournelle, les faisant tournoyer dans le labyrinthe de mon esprit et inventant mille systèmes complexes dont les charpentes les plus solides étaient broyées comme autant de fins édifices de papier.

31

L'homme de la passerelle restait discret. Il était prévenant et attentionné, sans pour autant se découvrir. Mais à certains détails j'ai fini par comprendre qu'il était amoureux. Un jour qu'il venait de m'entretenir pendant une heure des obstacles qu'il rencontrait dans l'avancée de ses recherches et des contrariétés que lui apportait l'été, qui avait laissé échapper en vacances plusieurs personnes qu'il aurait souhaité rencontrer, je me suis étonnée de le voir si joyeux, alors qu'il aurait pu manifester quelque déception ou du moins quelque ennui. « C'est que je suis amoureux », a-t-il répondu dans un sourire radieux. J'ai pensé, sans oser lui faire préciser, que c'était de moi, puis, lorsqu'il a été parti, j'en ai douté quelques instants, pour m'en convaincre de nouveau au cours des jours suivants. Il m'a bien fallu, une fois cette évidence acquise, lever à mon tour le voile sur mes sentiments. Je l'aimais, moi aussi. Mais, curieusement, cet amour ne faisait pas mal, et c'est cela sans doute qui m'avait empêchée d'en prendre conscience plus tôt. D'ailleurs, qu'est-ce que cela aurait changé ? Car maintenant, il restait à lui apprendre l'épouvantable vérité, où allais-je trouver le courage de lui avouer ma tromperie, alors que je tenais désormais à me l'attacher totalement, et que l'idée de lui déplaire m'effrayait déjà.

Au matin, je me trouvais plutôt déterminée, je formais en pensée des phrases que je prononçais tout haut, j'expliquais, parfois je m'embrouillais un peu, mais cela finissait toujours par sortir et par s'étaler, en flaque d'eau qui s'évaporait aussi vite qu'elle s'était déposée, voilà ! je l'avais dit, on n'en parlerait plus. Je fermais les yeux pour ne pas voir son visage, j'imaginais des éclats de voix, je rentrais la tête dans les épaules et je la ressortais doucement, pour recommencer à déclamer une nouvelle version de la même déclaration. Ce soir, pensais-je, je lui dirai ce soir. La journée avançait et ma fermeté m'abandonnait lentement, si bien qu'au soir il m'en restait si peu que je renvoyais au jour suivant le moment de l'aveu. Je m'accordais encore une soirée, une seule.

La douceur des heures que nous avons passées ensemble s'est confondue bientôt avec celle des nuits, belles et clémentes. J'ai profité de chaque minute de ce répit, le temps semblait s'attarder sur ce moment de l'année où les journées ne se distinguent plus les unes des autres, où l'on ne sent pas encore raccourcir les jours, où la chaleur des nuits fait croire à l'éternel été. Ainsi s'est trouvé suspendu notre amour, retenant son souffle, goûtant la réserve d'instants de liberté et d'innocence, lorsque rien encore n'est dit, que tout est encore possible. Nous avons vécu en sursis durant les longs jours de juillet. Je songeais que cela ne durerait pas et je me reprochais de retarder l'instant où les choses basculeraient, comme en ce premier matin où la pureté du ciel et la fraîcheur de l'air font savoir que la saison s'achève et que bientôt déferleront les averses et les brouillards. Mais le cœur me manquait de voir se ternir le regard de l'homme de la passerelle, je craignais de retrouver ces ombres qui m'avaient tant impressionnée dans les yeux de l'architecte. J'attendais, espérant quelque cataclysme devant lequel mon mensonge aurait paru microscopique, j'espérais que le ciel enverrait quelque prodige extravagant qui m'aurait tirée d'embarras fort à propos. Mais j'avais beau vouloir de toute la force de ma volonté, je sentais confusément que, cette fois-ci, pas un gramme d'azur ne bougerait d'un millimètre. Je reprenais de bonnes résolutions, aussitôt fondues et volatilisées.

La nuit, je sortais. J'eus bientôt un nouveau but de promenade. Je n'avais jamais demandé à l'homme de la passerelle où il habitait. Je pensais qu'il logeait sur la grand-rue, dans le seul hôtel du village. Il m'apprit au détour d'une conversation qu'il avait loué une maison depuis le début de l'été, à deux kilomètres du village, dans un petit hameau. C'est alors que j'ai compris que j'étais plusieurs fois passée devant chez lui au cours de mes promenades nocturnes. Cette pensée, qui m'a tout d'abord affolée, a cheminé insidieusement dans mon esprit jusqu'à me donner l'envie d'y retourner. Une nuit, j'ai attendu qu'une demi-heure s'écoule après le départ de l'homme de la passerelle, puis je suis sortie à mon tour. J'ai marché jusqu'à sa maison. Elle est au bord d'une petite route peu fréquentée, c'est la dernière d'un groupe de six ou sept fermettes, rénovées pour la plupart et très fleuries, habitées seulement l'été. Sa maison est séparée des autres par un jardin étroit, couvert de pelouse. Un prunier se dresse à l'angle du fond, le tronc pris dans une haie vive. Le jardin entoure la maison sur deux côtés, on y entre par un petit portail de bois, qui donne sur un chemin qui longe le mur de droite. C'est par là que j'ai pénétré dans le pré, je préférais arriver par l'arrière. Une bicyclette était appuyée contre le mur. Je ne savais pas que l'homme de la passerelle avait un vélo… Deux fenêtres s'ouvraient dans le mur arrière, je me suis approchée de la première, elle donnait sur une petite pièce où devait se trouver la cuisine. De la pénombre émergeaient des masses blanches à l'allure de portes de réfrigérateur ou de cuisinière. Au milieu, une table en bois où trônait un grand compotier de faïence, vide. Çà et là des placards, un vaisselier, un vieux calendrier des Postes aux couleurs déteintes accroché à une porte. Une cuisine de campagne typique. La maison avait dû lui être louée meublée.

Je me suis avancée jusqu'à la seconde fenêtre.

Mes pieds s'enfonçaient dans l'herbe et je sentais des gouttes de rosée mouiller mes chevilles. Mon cœur battait à toute vitesse, j'avais l'impression qu'on pouvait entendre le bruit qu'il faisait. Un petit rideau de dentelle masquait la partie inférieure de la fenêtre, ouverte à l'espagnolette. J'ai essayé de voir à travers la fente, mais l'obscurité de la pièce était trop profonde. Je promenais mes yeux contre le carreau, au hasard des mailles de la dentelle, mais je ne distinguais rien. J'étais à quelques centimètres du bord supérieur du rideau, mais même en me hissant sur la pointe des pieds, je ne pouvais voir au-dessus. Je me suis retournée doucement et j'ai scruté le jardin, à la recherche d'un piédestal. Il y avait une vieille chaise non loin du prunier, j'ai eu l'idée de m'en servir mais j'ai craint qu'elle ne s'effondre sous moi. Le long du mur quelques briques étaient posées, oubliées là sans doute à la suite d'une réparation. Je les ai portées une à une sous la fenêtre et lorsqu'elles ont été calées, je suis montée dessus. J'ai approché tout doucement ma tête de la vitre et j'ai regardé. Mais je ne voyais toujours rien. J'avais peur de toucher le carreau et de faire du bruit : j'étais sûre que l'homme de la passerelle dormait dans cette pièce. Finalement, après un moment d'attente, j'ai mis mes mains en auvent autour de mes yeux et je me suis approchée de nouveau, jusqu'à presque m'appuyer sur la vitre. Et j'ai vu.

Il était allongé en travers du lit dans un fouillis de draps froissés. Son torse nu était découvert et ses bras s'étendaient sur toute la largeur du lit. Son visage était tourné vers l'autre mur, celui de la façade, où s'ouvrait une fenêtre, dont seuls les volets étaient clos. J'avais envie de crier tellement j'éprouvais de plaisir à le surprendre ainsi, à le voir reposer, inconscient de ma présence. Dans la chambre, il n'y avait qu'une petite armoire et deux chaises en travers desquelles il avait négligemment jeté son jean et sa chemise. Ses chaussures gisaient au sol, renversées sur le côté. Je suis restée longtemps à le regarder dormir jusqu'à sentir des picotements envahir mes genoux, là où mes jambes s'appuyaient contre le rebord de la fenêtre. Je suis descendue, j'ai replacé les briques contre le mur et j'ai quitté le jardin. Lorsque je suis arrivée au village, les premières lueurs du jour apparaissaient, encore très pâles derrière la colline.

32

Juillet prit fin. Rien n'était venu rompre mon attente. De plus en plus souvent, l'architecte me donnait rendez-vous dans des cafés, renouant avec la tradition de l'hiver. C'était moi maintenant qui allais à sa rencontre, au gré de ses cheminements parisiens. Nous nous retrouvions au Châtelet, à la Bastille, dans d'anonymes bistrots où nous ne faisions que passer, inconnus perdus au milieu d'autres inconnus. Nous commandions invariablement des sandwiches et de la bière, parfois des ballons de vin rouge. Nous n'allions plus jamais place Saint-Sulpice, ni place Gambetta. Un jour, en rentrant d'un de nos rendez-vous, j'entrai dans une papeterie et achetai un plan de Paris, grand format, sur lequel étaient figurés en perspective les principaux monuments de la ville. La précision du plan était parfaite, ses couleurs harmonieuses et douces, dans des tons de bleu et de jaune. J'achetai aussi deux petites boîtes d'épingles courtes à tête de couleur.

De retour chez moi, je fixai le grand plan au mur,

dans la pièce où étaient exposées les photos du chantier. Puis, une à une, je piquai des épingles à l'emplacement exact des lieux où nous étions allés ensemble, bleues pour les cafés, vertes pour les musées. Bientôt, le plan fut constellé de petites boules vertes et bleues. Deux épingles à tête rouge indiquaient ma maison, et la sienne, près de la bordure inférieure de la feuille. Je pris un de mes carnets de dessins et, sur une page vierge, je reproduisis le motif que formaient les épingles. C'était une sorte de nuage de points comme on les représente parfois dans les études statistiques, si ce n'est qu'il n'y avait pas vraiment de centre, mais plutôt des régions, des pôles. J'arrachai la page du carnet et sortis la photocopier en une vingtaine d'exemplaires. Je passai l'après-midi à tracer sur ces feuilles des itinéraires qui devaient relier tous les points. J'en déchirai trois, que j'avais ratées, et en remplis huit. Cela formait une espèce de tracé, plus ou moins évocateur, comme ces profils que l'on reconnaît parfois dans les nuages. Je terminai mon stock de feuilles le lendemain, et retournai faire des photocopies. Deux jours plus tard, elles étaient toutes remplies de traits.

J'avais alors très peu d'argent et je ne pouvais me permettre de gaspiller mes ressources en copies. Je dessinai les feuilles suivantes à la main, après avoir compté les points pour être sûre de ne pas en oublier. Je les remplissais au fur et à mesure que j'en traçais la trame. Dans les trois jours qui suivirent, j'en fis plus de cinquante. Les feuilles venaient s'empiler sur la table, je les repris pour les numéroter. Ce TOC d'un genre nouveau commença de m'obséder gentiment. L'architecte s'aperçut-il de quelque chose ? Il proposa des sorties et m'emmena visiter le désert de Retz, une folie prise d'assaut par les ronces et les mauvaises herbes, il me montra aussi la villa Savoye, de Le Corbusier, que nous visitâmes seuls, et une autre maison, abandonnée au bout d'un chemin creux, dont la façade était recouverte de plaques métalliques dessinées par Eiffel. Le mois d'août avait plus que jamais vidé Paris et ses musées. Nous retournâmes au Louvre, au musée Rodin. J'espérais encore un brutal changement, un événement exceptionnel, mais je sentais que tout m'échappait, y compris ma propre vie que je voyais s'user en insomnies de plus en plus fréquentes. Je dormais dans la journée, parfois dans l'un des transats du bateau. Je me réveillais en sursaut, la peau d'une joue rougie par la brûlure du soleil. Je vivais comme une somnambule et je voyais l'architecte à travers le brouillard d'une hébétude de plus en plus épaisse, dont ne réussissaient plus à m'extraire ses appels téléphoniques. Dans le courant du mois d'août, il demanda une trêve pour la deuxième fois. Je le laissai partir, sans même chercher à le retenir.

Le chantier de l'immeuble d'en face s'était arrêté depuis le début du mois. Tout demeurait en place, immobile, les banches posées là où les avait laissées les ouvriers, les câbles par terre, attendant d'être recouverts, la petite pelleteuse de sable suspendue dans l'air, comme stoppée en plein mouvement. Il pleuvait souvent et l'eau restait en flaques sur les sols de béton, attristant plus encore le paysage. L'architecte ne venait plus, je n'avais aucune nouvelle de lui, les jours passaient les uns après les autres, tombant comme des coups de gong que je comptais sans cesse, de plus en plus inquiète. Je ne voyais personne, mes amis avaient tous quitté Paris, les petites boîtes d'épingles, posées sur le bord de la cheminée, se couvraient déjà d'une pellicule de poussière. Je traçais de plus en plus de constellations sur mes nuages de points, les feuilles s'empilaient sur la table. J'eus envie de les accrocher au mur mais ne le fis pas, faute de place. Ce TOC m'obsédait au dernier degré. Je passais jusqu'à quatre heures par jour sur ces dessins. Je finissais par voir des points partout lorsque je levais les yeux. Je peignais peu, trop absorbée par l'attente, totalement déroutée.

L'architecte m'apparaissait tout à coup comme un de ces menteurs si experts et sincères dans leur conviction qu'ils ne laissent d'autre solution à leurs victimes que de les croire. La spirale du mensonge les emporte eux-mêmes si loin qu'ils ne peuvent briser la logique qu'ils ont instituée et qu'ils donnent, à eux comme aux autres, pour la vérité. Ne pouvant mettre en défaut leur argumentation, on ne peut que les croire, à défaut de leur faire confiance. Mes certitudes vacillaient de plus en plus, et pourtant je n'avais que le choix d'espérer. Ce paradoxe exaspérait mes réflexions. Je tournais en rond. Je m'accrochais à certains mots de l'architecte, si définitifs qu'ils me faisaient douter de mon propre doute. Je ne pouvais concevoir qu'il parlât un autre langage, celui du rêve et de l'illusion, et que son monde ne trouvât pas d'écho dans la réalité. J'avais pris ce qu'il me disait pour argent comptant, sans soupçonner un quelconque second degré, et en effet il n'en existait pas, nous parlions bien de la même chose. Mais nous communiquions à travers un miroir déformant et les images que nous en recevions nous obsédaient comme autant de visions monstrueuses.

La solitude me laissait le loisir de réfléchir, sans être interrompue dans mon cheminement vers la lumière par les incursions de l'architecte, qui me ramenaient très loin en arrière par le brouillage qu'elles effectuaient dans mes tentatives de décryptage d'un langage codé auquel je cherchais encore une logique. Je partis pour la campagne quelques jours, chez des amis. Cela ne changea rien. Je continuai de remplir des feuilles de réseaux de lignes, assise au bord de la piscine. A ceux qui me demandaient ce que je faisais, je répondais que je traçais des esquisses pour une rosace de planétarium. Ils s'éloignaient, impressionnés. Je pensais sans répit à l'architecte, redoutant qu'il ne téléphone en mon absence. La trêve avait depuis longtemps dépassé la semaine. Les jours, interminables de solitude et de douleur, passaient encore trop vite et, chaque soir, allongée dans mon lit, j'hésitais à m'endormir, de peur d'engloutir dans la nuit l'espoir qui m'avait soutenue tout le jour. Je rentrai enfin à Paris, pour ne trouver ni lettre ni message. Je résolus de lancer une fusée.

33

Je me suis réveillée ce matin sous l'œil braqué d'un homme en blouse blanche que j'avais déjà vu il y a quelques jours et qui semble très important. Il me regardait, le visage fermé et les traits tirés. Près de lui une jeune femme étudiait scrupuleusement sa figure, guettant quelque signe, comme hypnotisée. Mais rien ne sortait de sa bouche, pas un geste ne venait troubler l'impassibilité de marbre dans laquelle il semblait s'être plongé pour d'interminables minutes. J'aurais bien aimé qu'il dise quelque chose et je tentais de l'interroger du regard, mais ses yeux ne rencontraient jamais les miens, soit qu'il le fît exprès, soit qu'il ne vît pas vraiment l'extérieur, exclusivement tourné vers sa réflexion personnelle. Lentement il s'est déplacé et du bout du lit est passé sur le côté. Il a soulevé le drap, et sans me regarder s'est mis à toucher doucement mes hanches, puis mes jambes, mes genoux, mes mollets, mes pieds. Je ne sentais pas ses doigts à travers les pansements, mais quand il m'a fait pivoter sur le côté, sa main brûlante m'a fait l'effet d'une compresse chaude posée sur mon dos. Je ne voyais plus son visage, mais je l'entendais respirer, assez fort. Il m'a remise sur le dos et je l'ai vu secouer la tête de gauche à droite, l'air préoccupé. Il a fait une petite grimace dubitative à l'intention de la jeune femme et ils se sont dirigés vers la porte. J'ai dit : « S'il vous plaît, que se passe-t-il ? » Le chirurgien s'est tourné vers moi et a répondu : « Ne vous en faites pas, pour l'instant tout va bien. » J'ai cru voir l'expression du docteur aux cheveux blancs qui avait dit à mes parents de ne pas s'inquiéter. Et voilà que celui-là aussi mentait... On aurait dit qu'il avait formulé l'exact contraire de ce qu'il pensait. De quoi avait-il peur ? De la vérité elle-même ou de ma réaction ? A qui mentait-il réellement ?

Et à qui avait menti l'architecte sinon à lui-même, me prenant en otage, en pièce à conviction de son propre mensonge ? Assurément, il m'aimait et ne m'avait pas trompée là-dessus, mais il croyait avant tout à la fable qui nourrissait son rêve d'accéder à une relation entière et exclusive, qui n'aurait pas occulté la troisième dimension d'une passion qui nous poussait l'un vers l'autre si violemment que nous nous heurtions chaque fois au mur de verre qu'il avait dressé entre nous et sur lequel venaient se fracasser mes espoirs et ses rêves. Ne pas pouvoir franchir cet obstacle le rendait d'autant plus sombre qu'il se refusait à reconnaître son impuissance. Et il s'enfonçait plus profondément chaque jour dans le leurre d'un discours dont il faisait reculer les limites de plus en plus loin, centimètre par centimètre, offrant à mon attente des promesses de plus en plus démesurées, auxquelles il s'efforçait de croire encore lui-même et qu'il prononçait d'une voix d'outre-tombe, déjà conscient de l'inutilité de poursuivre, mais retenu par le cercle vicieux de son infernal simulacre et entretenu par mon propre désir de prêter foi à ses paroles, tant je souhaitais qu'elles fussent vraies, me posant en victime consentante de ses extravagantes manipulations.

Voilà ce que je comprends maintenant, après avoir erré dans le labyrinthe de ce que je pensais être mon inexpérience, alors qu'il ne s'agit nullement de connaître l'amour pour en ressentir la morsure, et que nul livre n'apprend la douleur et la joie que l'on éprouve à aimer, ni ne décrit la pointe aiguë de l'irraisonnable passion qui vrille le cœur et l'estomac et le cerveau tel un taret qui s'enfonce plus profondément dans le bois, sans souci de la coque qu'il mine peu à peu. J'ai imaginé, dans le délire que m'inspirait la souffrance de voir l'architecte s'éloigner de moi, mille situations de tromperie d'une trivialité qui me surprend maintenant, car seule la maladive jalousie peut faire naître pareilles élucubrations. Mais je m'égarais et mon cerveau tournait à vide, incapable de reconnaître l'évidence de deux systèmes parallèles, qui sans pouvoir se rejoindre n'en demeuraient pas moins intègres et sincères, ce qui à y regarder de près prenait des accents de tragédie plus cruelle encore que si quelque élément extérieur s'était introduit dans les rouages de notre amour. Sans doute valait-il mieux imaginer de véritables obstacles, car au moins pouvais-je espérer qu'ils seraient un jour réduits en poudre, tandis que rien ne pouvait anéantir les freins que l'architecte mettait lui-même à sa passion. C'était cela donc qu'il cachait, car comment aurait-il pu avouer qu'il s'était engagé sur une voie qu'il ne pouvait suivre, sur laquelle chaque pas lui arrachait un cri, tel un chemin de douleur parsemé de ronces où aurait avancé quelque saint aux pieds nus, dont chaque mètre lui paraissait plus infranchissable et plus long et le rapprochait du terme qu'il refusait d'aborder tant l'idée de ne pouvoir vivre ce qu'il désirait le plus lui était insoutenable.

Car son corps ne pouvait aimer, il se dérobait de toute sa force d'inertie au doux abandon des amants comme aux transports les plus sauvages qui projettent l'un sur l'autre les êtres que l'amour emporte. Et ce que son cœur exigeait, son corps y résistait avec tant de violence qu'il en restait brisé de l'intérieur, vaincu par ses propres forces. Tel était le secret de l'architecte, qui pourtant éclatait au grand jour, mangeant l'espace de sa présence obsédante. Et alors que je ne pouvais l'ignorer tant il envahissait nos sentiments, cet escamotage me semblait si flagrant que je ne pouvais croire que ce fût là la cause de ses silences, de ses absences, de ses reculs et enfin de sa fuite.

Mais qu'avais-je de mon côté à cacher à l'homme de la passerelle pour lui avoir ainsi travesti la vérité ? Et quelle logique a guidé mon esprit vers une pareille escroquerie ? Il ne me semble avoir rien découvert, dans le mensonge que je lui ai fait, d'autre que ce que j'aurais pu apprendre en regardant, tout simplement. Mais mes yeux cependant demeuraient clos et les souvenirs que je gardais étaient si fragmentaires que je ne pouvais en tirer quelque conclusion apaisante, qui aurait enfin éclairci la noirceur d'une histoire dont la plus légère évocation me pinçait encore le cœur. Voilà qui est fait, mais fallait-il pour cela m'enfoncer dans la spirale de l'illusion, où je me suis finalement fourvoyée bien plus que lui qui jamais n'a douté, et que rien, pas même ce qu'il était convenu d'appeler la vérité, n'a fait reculer ? Sans doute, car si quelque énergie avait pu être épargnée, la logique naturelle qui tend à l'économie n'aurait pas permis qu'elle fût dépensée en vain.

Je suis retournée de nuit rôder dans son jardin, m'approcher de la fenêtre et le regarder dormir. Il partait de chez moi et quelques minutes plus tard je sortais à mon tour. J'avais de plus en plus de mal à patienter, et très vite ces rendez-vous avec son sommeil sont devenus une sorte de drogue dont je ne pouvais me passer. Mais ce nouveau secret me faisait tant jubiler que j'étais incapable d'éteindre le mélange de joie et d'excitation qui s'emparait de moi dès que l'homme de la passerelle franchissait le seuil de ma chambre. Quand il entrait, avec au bras un panier d'où dépassaient des bouteilles, des fruits empaquetés dans de petits sacs de papier brun, des fromages emballés dans des feuilles, j'avais envie de lui sauter au cou, de lui dire : « Je t'ai vu, je t'ai vu dormir, et toi tu ne le sais pas, mais je t'ai regardé des heures durant. »

Au lieu de ça, je restais assise, je souriais et je lui disais bonjour. Mais j'avais mal dans la région du cœur, un petit pincement me gênait et me rappelait sans cesse le nouveau secret. Je m'abritais derrière lui pour oublier que la cause de toute cette confusion était mon mensonge du début, celui sur lequel je ne pouvais plus revenir. J'avais hâte que l'homme parte pour que cesse cette douleur. Mais il se pressait moins que jamais. De grands moments de silence interrompaient nos discussions. Nous nous regardions sans rien dire, et je pensais à son torse, nu sur les draps. J'avais bien le sentiment que ces silences duraient trop longtemps, et j'avais peur à la fois qu'ils soient brisés trop vite, car je ne savais pas ce que l'homme allait dire ensuite. Mais il ne disait rien. Il poussait parfois un soupir, profond et long. Et, de soir en soir, je sentais que si je ne lui donnais pas une manière de signal, il ne ferait rien. J'avais l'impression que les mots restaient dans sa bouche, bloqués par la barrière de ses lèvres. J'étais troublée, au fur et à mesure que la conversation s'éteignait. Il n'était plus question d'Histoire, il était clair désormais que l'on ne pouvait plus reculer toujours le moment où il faudrait parler d'autre chose, de la seule chose peut-être dont l'homme voulait parler, depuis le début.

34

L'architecte, à contrecœur, me donna rendez-vous dans un café de l'avenue de l'Opéra, en face d'une librairie. Jamais nous ne nous étions retrouvés dans ce quartier. L'immeuble au pied duquel se trouvait le café était en ravalement, des échafaudages s'élevaient le long de la façade, l'entrée du bar était masquée par des tubes métalliques entrecroisés, sous lesquels il fallait passer pour accéder à la porte. Il pleuvait à torrent depuis le matin. L'architecte arriva en retard, trempé, essoufflé. Il avait dû courir. Il se secoua lourdement, passa plusieurs fois la main dans ses cheveux, ôta sa veste et s'assit en face de moi. Nous nous regardions, désolés. Il n'y avait rien à dire. J'avais souhaité le voir, je l'avais sous les yeux. Il avait perdu son éclat, sa bouche ne souriait plus, il était devenu gris, terne, lointain. Il avait abdiqué une à une ses promesses. Il continuait cependant à répéter qu'il fallait attendre, mais sa voix avait perdu toute conviction et ses paroles ressemblaient à ces litanies que l'on prononce sans même en comprendre le sens. Il avait le visage de ceux qui ont échoué. La pluie, malgré les échafaudages, atteignait les vitres du café qu'elle piquetait de petites gouttes qui roulaient vers le bas. A l'intérieur, il y avait de la buée. Même le garçon, au teint pâle et aux yeux cernés, était triste. Nous nous sommes quittés hâtivement, l'architecte était pressé. Je l'ai regardé disparaître au coin de l'avenue, c'était la dernière image de lui que je saisissais, elle était pitoyable et c'était pourtant celle que je garderais en mémoire, écrasant toutes les autres. L'image de sa fuite…

Je rentrai chez moi abattue, mais moins désespérée que je ne l'aurais cru. Sans doute mon esprit s'y était-il préparé, mais je n'arrivais pas à croire que l'histoire s'arrêtait là, de façon aussi stupide et laide. Et pourtant je ne pouvais désormais nier l'évidence. Cet épilogue me paraissait ridicule, j'avais envie d'en rire, de m'en moquer comme d'une farce grotesque. Je souriais entre les gouttes, n'ayant cure de me faire mouiller et j'avançais, je posais les pieds devant moi sur l'asphalte du trottoir, d'un pas déterminé, sans éviter les flaques. Toute cette eau me lavait, me rafraîchissait, apaisait ma fièvre, diluait mes larmes trop salées dans un bain bienfaisant qui calmait mes yeux irrités. Je marchai jusqu'au boulevard Saint-Germain. Rue de Rennes je montai dans un autobus qui me déposa devant la gare Montparnasse. Je fis le reste à pied, sous des lignes liquides qui tombaient du ciel. J'entrai chez moi, me déshabillai et me mis au lit. Je dormis quinze heures d'affilée, m'éveillai à l'aube, vis le jour gris plombé qui se levait et me rendormis jusqu'à dix heures. Je n'avais plus connu de sommeil comme celui-là depuis des mois. Je me sentais réparée.

La première chose que j'ai faite ce jour-là a été de prendre le paquet de feuilles empilées sur ma table, celles des nuages de points, de ramasser les quelques pages qui traînaient çà et là, inachevées, et d'envelopper la pile (il y avait plus de six cents dessins) dans une grande enveloppe que j'ai fermée d'une large bande de ruban adhésif. Puis j'ai pris une dernière feuille blanche, je me suis assise devant le plan, et j'ai redessiné le nuage de points en rajoutant le point du dernier café, celui de l'avenue de l'Opéra. J'ai même piqué une épingle bleue sur l'emplacement. J'ai collé cette feuille, qui représentait le dernier état du plan, sur le dessus du paquet, directement sur l'enveloppe. Je n'ai tracé aucun trait, j'ai laissé le dessin tel quel, sans chercher à trouver dans la nouvelle combinaison de points – un seul avait changé mais il se trouvait dans une région peu peuplée et aurait pu permettre de nouveaux itinéraires – la matière de futurs dessins. Quand la colle a été sèche, j'ai rangé le paquet dans la bibliothèque, puis j'ai enlevé une par une les petites épingles vertes et bleues piquées dans le plan, pour les mettre dans leurs boîtes. Enfin, j'ai détaché le plan du mur, je l'ai plié et glissé sur la même étagère de la bibliothèque, à côté du paquet de feuilles. Je me suis retournée et j'ai vu le mur vierge, blanc, uniforme et presque immatériel.

Je vécus les jours qui suivirent dans une sorte d'hébétude assez calme, il me semblait revenir du néant, tel un cosmonaute de retour sur Terre, gêné dans ses mouvements par l'étroitesse de son habit, écrasé par la pesanteur des choses. J'avais effectué durant des mois un voyage sidéral dont je ne rapportais rien, sinon la désillusion d'une immense frustration, d'un échec éclatant dont le bruit arrivait à mes oreilles en cataracte. Un premier TOC se jeta sur moi au bout d'une semaine, je me mis à ranger, comme aux plus beaux jours de mon enfance d'avant la chambre collée. Au rangement vint s'adjoindre bientôt le lavage, que je connaissais moins. Je lavai tous les objets, les meubles, les vêtements, les murs, les plantes, je me lavai moi-même plusieurs fois par jour. Pas un recoin de l'appartement n'échappa à ma fureur récurante. Je ne pensais plus, ne réfléchissais plus, et bien sûr je ne peignais plus, où en aurais-je trouvé le temps ? Le bateau subit à son tour mes assauts. Il était dans un tel état de crasse et de désordre que je trouvai là un exutoire rêvé à mes penchants compulsifs.

Lorsque j'arrivai en Bourgogne, j'étais très atteinte. Mes parents m'accompagnaient. Ils avaient déniché, non loin de notre prieuré, une sorte de pension mi-hôpital mi-hôtel, où venaient se reposer les vieillards, se désintoxiquer les drogués, se remettre sur pieds les convalescents et se suicider les plus imprévisibles. Le cadre était superbe, avec un parc planté d'arbres immenses et majestueux. La pension était installée dans une grande bâtisse, autrefois demeure d'un seigneur, et qui tenait plus de la ferme fortifiée que du château. Mais les pièces étaient vastes, les plafonds hauts et les chambres aménagées avec goût. A peine entrée, je compris que je ne pourrais pas rester là. C'était trop silencieux, trop feutré, des vieilles dames traversaient les pelouses, lentement, et sous un arbre une jeune fille pâle tenait dans ses bras un petit chien qu'elle serrait comme une bouée, les yeux dans le vague. La directrice nous reçut avec une douceur de circonstance, souriant à mes parents d'un air compatissant. Je détestai immédiatement cette femme. Peut-être me prenait-elle pour une de ces loques posées dans son jardin comme autant de cadavres ? Je n'avais rien à voir avec ces gens, leur vue me déprimait et je n'avais pas besoin qu'on s'occupe de moi. J'avais des TOC, c'était vrai, j'en avais même plusieurs à la fois, mais je n'étais pas malade et je ne voulais pas finir assise sous un marronnier avec un chien blanc dans les bras.

J'eus du mal à convaincre mes parents, mais après quelques discussions au cours desquelles mon père se montrait le plus acharné (alors que l'idée de la pension venait de ma mère), je réussis à obtenir qu'ils me laissent dans notre maison, seule. Je m'y sentirais mieux que n'importe où ailleurs, les commerçants étaient tout proches, je n'aurais pas besoin de voiture, je pourrais marcher dans la campagne, peindre… C'est ainsi que je m'installai au prieuré. On était en octobre. La nature était flamboyante, les vignes rougissaient de jour en jour, les forêts se couvraient d'or et de cuivre, le ciel d'un bleu dur transportait de temps en temps des groupes de nuages ombrés de franges roses. Chaque jour, je m'épuisais dans d'interminables promenades qui ravissaient mes yeux et réjouissaient mon cœur.

Je pensais en arrivant rester trois mois, jusqu'à l'hiver. J'avais quitté mon appartement, trop plein de souvenirs que je préférais ne plus avoir sous les yeux. Je comptais m'installer au retour dans mon ancien quartier, celui où j'avais passé mon enfance, là où il n'y avait pas d'immeubles en construction. Mais entre les TOC et la marche à pied, qui occupaient à eux deux tout mon temps, les journées et les semaines passaient très vite. Il y eut une vague de mauvais temps, pendant laquelle je tentai de reprendre la peinture. J'ai déjà raconté l'issue de ce combat. Quand mes parents vinrent à Noël, comme ils le faisaient chaque année, j'étais presque guérie, il ne me restait plus que quelques petites obsessions bénignes, qui n'empiétaient nullement sur mon équilibre. Je comptais regagner Paris avec eux, mais je m'aperçus que je n'avais pas envie de quitter le prieuré. Je m'y sentais bien et je n'étais pas pressée de retrouver l'hiver parisien, que je n'aime pas. Mes parents repartirent seuls. Je ne revins à Paris ni le mois suivant ni ceux d'après.

35

– Je rentre à Paris dans trois jours.

J'ai sursauté.

– Quoi ?

L'espace d'une fraction de seconde, toutes les images ont défilé dans ma tête, ne plus le voir, ne plus avoir nos rendez-vous du matin et du soir sur la passerelle, ne plus rire avec lui, ne plus l'entendre raconter des histoires, ne plus le regarder du coin de l'œil, ne plus sentir son torse contre mon flanc quand il me porte, ne plus attendre le bruit de la porte du bas, ne plus aller marcher la nuit dans la campagne jusqu'à sa maison... Je voulais parler mais une douleur sourde m'étreignait le larynx, m'empêchant d'émettre le moindre son.

– Mmmais..., ai-je bredouillé.

– J'ai besoin de certains documents, il faut absolument que j'aille les chercher, a-t-il dit précipitamment et comme pour s'excuser.

Et il a ajouté, encore plus vite :

– Je n'en ai pas pour très longtemps. Quelques jours me suffiront.

– J'ai cru que vous alliez partir définitivement !

Les mots sont sortis comme une expiration, un long soupir de soulagement. L'homme s'est approché de moi et a pris ma main entre les siennes.

– Vous n'avez tout de même pas cru que j'allais vous abandonner, comme tous les vacanciers qui ferment leur maison et quittent le village à la fin de l'été ?

Je ne savais pas quoi dire, j'étais de plus en plus émue. Ses mains me brûlaient.

– Je n'ai pas envie de partir, mais j'ai déjà trop attendu. Ne vous inquiétez pas, ce ne sera pas long. Je vous aime, je ne vais pas vous quitter comme ça.

J'ai reçu ce second coup comme on prend en pleine poitrine un ballon de cuir lancé par un adolescent fougueux. Je le savais, bien sûr, depuis des jours je l'avais deviné, mais l'entendre m'a frappée de plein fouet. L'homme de la passerelle est parti très vite, en silence. Je suis restée rivée à mon fauteuil. Je ne parvenais pas à m'en décoller. J'avais une envie furieuse de bouger et pourtant je ne faisais aucun mouvement. Puis, tout à coup, un ressort m'a propulsée vers l'avant et je me suis mise à arpenter la pièce de long en large comme un marathonien qui ne peut plus imposer le repos aux muscles qui l'ont si longtemps soutenu. Je marchais en rond, sans parvenir à interrompre le mouvement de mes jambes qui tricotaient sur le parquet comme deux aiguilles devenues folles. Les petites heures du matin ont sonné. Deux, puis trois. Le coup de la demi-heure a retenti. Bientôt il serait quatre heures et je ne parvenais toujours pas à m'arrêter de marcher, l'esprit hanté par la nécessité de lui dire la vérité, de le détromper, de lui avouer, de me débarrasser enfin de ce mensonge qui nous tenait éloignés, nous séparait maintenant que nous allions être enfin réunis.

Peu à peu, la fatigue aidant, je me suis détendue et il m'est apparu plus simple de faire cet aveu, après tout il ne s'agissait que de dire « vous savez, je peux quand même un peu marcher », oui ! j'allais lui présenter les choses comme cela, c'était la bonne formule, un peu seulement, mais tout de même ! Il est revenu le lendemain soir et c'était comme une torture, chaque instant me rappelait la phrase que je devais prononcer et jamais elle ne sortait de ma bouche, je la trouvais ridicule tout à coup, alors que j'y avais tellement réfléchi et qu'elle m'avait paru si parfaite. L'homme avait l'air heureux, il parlait tendrement et tout en lui était plus doux, comme si le fait d'avoir dit son amour l'avait à ce point délivré qu'il se laissait aller à une langueur inconnue, telle une rivière qui mollement s'étend sur le lit de sable des berges. Cela rendait mon hésitation plus cruelle, quand je pouvais toucher du doigt le soulagement qu'il en résulterait pour moi d'avouer à mon tour ce qui me pesait tant. Il l'avait bien fait ; pourquoi ne pas l'imiter et lui dévoiler enfin l'incroyable secret ?

Trois soirs durant je me suis fait violence, et mon esprit luttait, aux prises avec les gardiens qui le maintenaient attaché, bâillonné, l'empêchant d'exprimer ce qu'il voulait tant dire, et mon corps aussi se révoltait, n'y tenant plus, agité de sursauts violents qui me faisaient claquer des dents tellement j'opposais d'énergie à la montée du séisme qui allait me faire tomber, les deux se liguaient contre moi, mais il restait encore une force supérieure qui les dominait fièrement, cassait ma volonté et mon désir, brisait mes muscles et anesthésiait ma conscience. J'entendais à peine ce que me disait l'homme, uniquement occupée à me mordre les joues pour arrêter le claquement de mes dents, à maintenir mes jambes serrées l'une contre l'autre pour les empêcher de trembler, à me gifler mentalement pour retenir le cri que je sentais monter en moi, comment a-t-il pu ne s'apercevoir de rien, sans doute a-t-il remarqué quelque chose mais il l'attribuait certainement à l'émotion, il s'était approché de moi et me tenait dans ses bras, je n'écoutais pas ce qu'il me disait car déjà la douceur de sa voix me donnait envie de pleurer, et j'allais bientôt m'effondrer tout entière.

Prise au piège de mon mensonge, j'ai assisté aux trois soirées qui ont précédé son départ sans que s'amorce l'ébauche d'un minime aveu, d'un fantôme de vérité. Je voulais parler mais un tortionnaire intérieur m'en empêchait d'une main impérieuse, on me tordait les bras, on m'arrachait les doigts de pieds, on me cognait la tête avec une barre de plomb, on me brisait les os aussi pour être sûr que je ne dirais rien, et bien entendu je me taisais, comment aurais-je pu encore ouvrir la bouche dans cet état, j'étais devenue muette, je n'arrivais même plus à articuler un seul mot. L'homme redoublait de gentillesse et d'attentions, impressionné par mon soudain rétrécissement, je rapetissais en effet, je me tassais sur moi-même, je voulais rentrer dans le dossier de mon fauteuil, me fondre dans le bois et le tissu, m'abstraire au point que l'on ne me voie plus, j'étais devenue une petite chose très pitoyable et cela ne semblait même pas l'arrêter, encore moins le faire douter un instant. Au fur et à mesure qu'il se rapprochait de moi je m'éloignais de lui pourtant, non que je n'aie pas envie moi aussi de me jeter dans ses bras et de lui crier mon amour, mais par un curieux effet d'optique qui faisait reculer son image alors qu'elle n'avait jamais été si proche, je me sentais happée par-derrière, aspirée dans un gouffre profond et ténébreux, on me tirait cette fois-ci, on me saisissait par le dos de ma chemise et je ne voyais pas la figure de mon nouveau bourreau, qui me précipitait dans le fracas de l'enfer embrasé.

Le temps, grand insensible, finit toujours par exaucer les vœux des plus fervents. J'avais tant souhaité que prenne fin l'interminable calvaire qui me rongeait plus profondément chaque jour, voilà qu'enfin venait le matin où l'homme allait partir et me laisser seule avec mes démons, je ne m'en arrangerais pas mieux mais au moins personne ne serait là à contempler ma lutte et ma lente agonie. L'homme de la passerelle est venu me voir avant de prendre le car qui mène à la gare. Dans la douce lumière du matin, dorée des premiers rayons du soleil, il semblait nimbé, lui aussi, de fils brillants et aveuglants. La lumière avait changé depuis le début de l'été, elle était déjà plus rasante, plus jaune. J'étais fatiguée, l'anxiété et le découragement ravageaient mon visage, tiraient mes traits et donnaient à ma peau la couleur grise des condamnés. L'homme devait croire que j'étais bouleversée de le voir s'en aller, et dans mon malaise je me réjouissais qu'il pense ça, car je n'aurais pu feindre un autre sentiment. Je voulais encore lui chuchoter que je l'avais trompé, que je marchais un peu tout de même, cela revenait sans cesse à ma bouche, mais je n'y arrivais pas, lui restait suspendu à mes lèvres, comprenant que je voulais parler, n'osant me pousser cependant, sans doute aurait-il dû m'inciter, me forcer la main. Je n'ai rien dit, et je souffrais terriblement de le voir si confiant et si beau dans le soleil, et plus encore de n'avoir rien pu dire. Ne pourrais-je jamais lui avouer ? Et allait-il falloir que je prolonge cette odieuse mascarade à l'infini ?

Son départ m'a laissée éreintée, essoufflée par l'énorme masse qui me pesait sur la poitrine autant qu'un carcan de bronze, qu'un corset de platine, mais peu à peu son absence m'a redonné quelque liberté, quelque petit air frais qui me passait sous les narines. J'avais l'impression qu'un répit m'était accordé, une prolongation inespérée, une grâce. Je retrouvai le rythme de mes journées solitaires, d'avant l'homme de la passerelle, quand je ne sortais pas la nuit, quand je faisais mes courses sur la place, quand je traînais le soir à la terrasse du café sur la promenade, jusqu'à la tombée du jour, quand j'étais dégagée de toute contrainte. Et pourtant, au plaisir enfantin de retrouver mes habitudes succédait imperceptiblement une inquiétante petite chanson nostalgique qui me parcourait la tête, agitait mon sommeil et bientôt mes journées.

Le répit prenait des allures de dernière heure, d'ultime cigarette avant le couperet, je marchais dans les rues comme si déjà plus rien n'eût pu empêcher l'irréversible processus qui me conduisait à la mort. Une terrible frayeur s'était emparée de moi et plus les jours passaient qui me rapprochaient du retour de l'homme de la passerelle, plus mon repos se troublait d'un limon chargé de lourdes coquilles et d'épais gravier. Je ne prenais plus aucun plaisir à regarder par la fenêtre s'assoupir le village à l'heure de la sieste, quand les volets se ferment devant les rayons du soleil, que les épiciers recouvrent les cageots de fruits des étalages de grandes toiles rayées comme des transatlantiques et que même les chiens passent en silence le long des murs, trottinant doucement, l'air de ne pas être là. Les jours m'ont paru bientôt incroyablement creux et vides, et l'obsession de mon mensonge est venue les remplir de façon particulièrement amère. J'avais beau tourner l'histoire dans tous les sens, par aucune faille je ne pouvais la saisir et la maîtriser, il n'y avait désormais plus d'autre solution que de faire ce qu'avait fait l'architecte, on dit je crois filer à l'anglaise, se retirer le plus discrètement possible, glisser le long du mur à petits pas jusqu'à la tenture, attirer le rideau à soi et disparaître dans la pièce d'à côté puis gagner la porte, précipitamment.

Je sentais la honte m'envahir, l'indicible honte des coupables à qui leur acte répugne et qui les poursuit de ses ricanements affreux. Fallait-il être faible pour agir de la sorte, fallait-il se mépriser au point d'accepter le regard de sa propre conscience ? Je ne tenais plus en place, j'étais incapable de rester au prieuré, chaque seconde me faisait me lever, m'asseoir, monter à l'étage, descendre au premier, sortir dans la cour, m'allonger sur mon lit, me relever aussitôt. Finalement je sortais, je gagnais la campagne, où je marchais des heures durant. Je parlais tout haut, je réfléchissais si fort que ma voix même y participait, je serrais ma tête dans mes mains, je respirais largement pour mieux oxygéner mon cerveau, je me jetais contre les talus herbeux, où je restais allongée quelques minutes, en plein soleil, cherchant de mon dos les creux du sol où je pouvais m'enfoncer, aplanissant du bout de mes omoplates les mottes de terre, je fermais les yeux et j'écoutais les bruits de la nature que je laissais entrer dans mes oreilles durant de longs instants afin d'occuper une partie de mes centres nerveux à autre chose qu'à cette infernale réflexion. Je repartais, plus calme, reprenant pour la millième fois le problème à bras-le-corps, espérant toujours y trouver une solution qui m'aurait délivrée de l'encombrant mensonge tout en conservant intact l'amour de l'homme de la passerelle et par là même la suite de l'histoire, aux préliminaires si engageants.

Parfois, tant d'agitation cérébrale m'épuisait au point de m'affaiblir assez pour que reviennent les pensées les plus odieusement lâches que mon esprit avait produites, celles qui me faisaient envisager sa mansuétude, car, s'il m'aimait paralysée, ne serait-il pas plus heureux de me savoir bien portante, cela ne pouvait après tout que le réjouir et l'enchanter. Ainsi me laissais-je aller quelques secondes à la douce euphorie de me sentir sauvée, tirée d'affaire à si bon compte. Mais cela ne durait pas et bientôt je replongeais dans l'horreur de mon propre leurre, je m'indignais d'avoir pu croire un instant qu'il pourrait ne pas s'interroger, ne pas penser à l'obscure raison qui avait motivé mon mensonge et, n'en trouvant pas, me croire folle, ce qui définitivement l'écarterait de moi, car autant on pouvait s'éprendre d'une infirme autant l'amour s'éloignait des malades mentaux, il cesserait donc de m'aimer et cela m'était insupportable. Enfin, effondrement ultime de mon argumentation, je me rendais compte à quel point me serait odieux son pardon, s'il venait dans un sursaut d'inconscience ou de bonté d'âme à m'excuser, à mettre mon acte sur le compte d'un léger égarement, d'une erreur, d'un incident. Non, je ne concevais pas de faire comme si jamais cela n'avait existé.

Une semaine a passé, très longue et très rapide à la fois. L'homme allait revenir dans trois jours, quatre tout au plus. Et je m'épuisais en de vaines batailles, je livrais à moi-même un combat sans issue, usant mes forces jusqu'à la dernière extrémité, me cassant me brisant, tant et si bien qu'il me devint impossible de continuer, je renonçai donc et dormis longtemps, mais au réveil le souvenir d'une autre nuit trop longue me frappa de sa masse coupante et je me déterminai assez vite.

J'ai senti que j'étais prête à retomber dans un TOC, et l'idée de me remettre à ranger la maison de fond en comble m'a tellement écœurée que je me suis réveillée tout à fait. J'avais décidé de ne plus jamais ranger, de ne plus jamais laver, ni compter, et c'était pour cette raison que je croupissais là, dans ce village perdu de Bourgogne où il ne se passait rien. Je ne voulais pas recommencer, plutôt crever ai-je pensé et je suis sortie du prieuré, j'ai marché jusqu'à l'église où je suis entrée, j'ai trouvé la porte qui menait à l'escalier du clocher, j'ai escaladé les grosses marches de pierre, identiques à celles de l'escalier du prieuré, il y avait de gigantesques toiles d'araignée le long des murs et des nids de chouettes dans les trous de la paroi sur laquelle parfois je m'appuyais, je mettais les pieds bien au milieu des marches, ça devait être rempli de chauves-souris là-dedans, mais qu'en ai-je à faire, maintenant, de toute façon, ai-je pensé. Je montais toujours, la lumière apparaissait, j'ai mis le pied sur la dernière marche et voilà que je me trouvais sur la plate-forme, sous la grosse cloche, et de l'autre côté je voyais mes fenêtres, mon prieuré si joliment dessiné avec ses accolades de pierre au-dessus des fenêtres et des portes, ma chambre du haut où entrait la lumière, je distinguais ma table et mon fauteuil, je me suis avancée sur la passerelle, je tenais la rambarde mais il n'y avait rien à craindre, ça ne bougeait pas, et puis, de toute façon, continuais-je, quelle importance à présent ? Et tout à coup je me suis détournée, j'ai regardé l'église sous moi et la place toute petite en bas, j'ai enjambé la barre de fer et j'ai fermé les yeux avant de sauter car j'avais trop peur, mais je ne regrettais rien, plutôt crever que de perdre un amour et se remettre à ranger, j'étais déjà dans le vide que je me récitais encore cette litanie.

De la suite je ne me souviens plus très bien, si ce n'est au-dessus de moi le regard agrandi par l'effroi de la vieille bonne du curé, celle qui ouvrait la sacristie tous les matins à l'homme de la passerelle, ça va ai-je songé car pensé serait excessif, ça va, elle lui dira quand il reviendra et j'ai replongé, de très loin me parvenaient des bruits étouffés, puis plus rien.

36

Depuis, je suis ici, je ne peux guère bouger mais je ne souffre pas trop, pas du tout des jambes malgré les fractures, plutôt du haut du corps, des épaules et de la cage thoracique, bien que tout à cet endroit soit à peu près en place. On me soigne peu, on me parle encore moins, voilà trois jours déjà que je suis là, embarrassée de mon corps qui ne répond plus aux signaux que je lui envoie, je me demande si je vais rester comme ça et curieusement cette perspective, loin de m'effrayer, me rassure, me voilà devenue ce que j'ai feint d'être durant tout l'été, cela devrait me bouleverser et pourtant cela me fait sourire, j'attends que l'homme de la passerelle revienne de Paris et qu'il entre dans cette chambre. Tel le bouddha, je me sens enfin rendue au pays du fin clignement d'yeux, du calme sourire.

IMPRIMERIE B.C.A. À SAINT-AMAND (CHER)
DÉPÔT LÉGAL SEPTEMBRE 1994. N° 22838 (94/626)

Collection Points

SÉRIE ROMAN

DERNIERS TITRES PARUS

R310. Jeune Fille en silence, *par Raphaële Billetdoux*
R311. La Maison près du marais, *par Herbert Lieberman*
R312. Godelureaux, *par Eric Ollivier*
R313. La Chambre ouverte, *par France Huser*
R314. L'Œuvre de Dieu, la part du Diable, *par John Irving*
R315. Les Silences ou la vie d'une femme *par Marie Chaix*
R316. Les Vacances du fantôme, *par Didier van Cauwelaert*
R317. Le Levantin, *par Eric Ambler*
R318. Beno s'en va-t-en guerre, *par Jean-Luc Benoziglio*
R319. Miss Lonelyhearts, *par Nathanaël West*
R320. Cosmicomics, *par Italo Calvino*
R321. Un été à Jérusalem, *par Chochana Boukhobza*
R322. Liaisons étrangères, *par Alison Lurie*
R323. L'Amazone, *par Michel Braudeau*
R324. Le Mystère de la crypte ensorcelée *par Eduardo Mendoza*
R325. Le Cri, *par Chochana Boukhobza*
R326. Femmes devant un paysage fluvial, *par Heinrich Böll*
R327. La Grotte, *par Georges Buis*
R328. Bar des flots noirs, *par Olivier Rolin*
R329. Le Stade de Wimbledon, *par Daniele Del Giudice*
R330. Le Bruit du temps, *par Ossip E. Mandelstam*
R331. La Diane rousse, *par Patrick Grainville*
R332. Les Éblouissements, *par Pierre Mertens*
R333. Talgo, *par Vassilis Alexakis*
R334. La Vie trop brève d'Edwin Mullhouse *par Steven Millhauser*
R335. Les Enfants pillards, *par Jean Cayrol*
R336. Les Mystères de Buenos Aires, *par Manuel Puig*
R337. Le Démon de l'oubli, *par Michel del Castillo*
R338. Christophe Colomb, *par Stephen Marlowe*
R339. Le Chevalier et la Reine, *par Christopher Frank*
R340. Autobiographie de tout le monde, *par Gertrude Stein*
R341. Archipel, *par Michel Rio*
R342. Texas, tome 1, *par James A. Michener*

R343. Texas, tome 2, *par James A. Michener*
R344. Loyola's blues, *par Erik Orsenna*
R345. L'Arbre aux trésors, légendes, *par Henri Gougaud*
R346. Les Enfants des morts, *par Henrich Böll*
R347. Les Cent Premières Années de Niño Cochise *par A. Kinney Griffith et Niño Cochise*
R348. Vente à la criée du lot 49, *par Thomas Pynchon*
R349. Confessions d'un enfant gâté *par Jacques-Pierre Amette*
R350. Boulevard des trahisons, *par Thomas Sanchez*
R351. L'Incendie, *par Mohammed Dib*
R352. Le Centaure, *par John Updike*
R353. Une fille cousue de fil blanc, *par Claire Gallois*
R354. L'Adieu aux champs, *par Rose Vincent*
R355. La Ratte, *par Günter Grass*
R356. Le Monde hallucinant, *par Reinaldo Arenas*
R357. L'Anniversaire, *par Mouloud Feraoun*
R358. Le Premier Jardin, *par Anne Hébert*
R359. L'Amant sans domicile fixe *par Carlo Fruttero et Franco Lucentini*
R360. L'Atelier du peintre, *par Patrick Grainville*
R361. Le Train vert, *par Herbert Lieberman*
R362. Autopsie d'une étoile, *par Didier Decoin*
R363. Un joli coup de lune, *par Chester Himes*
R364. La Nuit sacrée, *par Tahar Ben Jelloun*
R365. Le Chasseur, *par Carlo Cassola*
R366. Mon père américain, *par Jean-Marc Roberts*
R367. Remise de peine, *par Patrick Modiano*
R368. Le Rêve du singe fou, *par Christopher Frank*
R369. Angelica, *par Bertrand Visage*
R370. Le Grand Homme, *par Claude Delarue*
R371. La Vie comme à Lausanne, *par Erik Orsenna*
R372. Une amie d'Angleterre, *par Anita Brookner*
R373. Norma ou l'exil infini, *par Emmanuel Roblès*
R374. Les Jungles pensives, *par Michel Rio*
R375. Les Plumes du pigeon, *par John Updike*
R376. L'Héritage Schirmer, *par Eric Ambler*
R377. Les Flamboyants, *par Patrick Grainville*
R378. L'Objet perdu de l'amour, *par Michel Braudeau*
R379. Le Boucher, *par Alina Reyes*
R380. Le Labyrinthe aux olives, *par Eduardo Mendoza*
R381. Les Pays lointains, *par Julien Green*
R382. L'Épopée du buveur d'eau, *par John Irving*

R383. L'Écrivain public, *par Tahar Ben Jelloun*
R384. Les Nouvelles Confessions, *par William Boyd*
R385. Les Lèvres nues, *par France Huser*
R386. La Famille de Pascal Duarte, *par Camilo José Cela*
R387. Une enfance à l'eau bénite, *par Denise Bombardier*
R388. La Preuve, *par Agota Kristof*
R389. Tarabas, *par Joseph Roth*
R390. Replay, *par Ken Grimwood*
R391. Rabbit Boss, *par Thomas Sanchez*
R392. Aden Arabie, *par Paul Nizan*
R393. La Ferme, *par John Updike*
R394. L'Obscène Oiseau de la nuit, *par José Donoso*
R395. Un printemps d'Italie, *par Emmanuel Roblès*
R396. L'Année des méduses, *par Christopher Frank*
R397. Miss Missouri, *par Michel Boujut*
R398. Le Figuier, *par François Maspero*
R399. La Solitude du coureur de fond, *par Alan Sillitoe*
R400. L'Exposition coloniale, *par Erik Orsenna*
R401. La Ville des prodiges, *par Eduardo Mendoza*
R402. La Croyance des voleurs, *par Michel Chaillou*
R403. Rock Springs, *par Richard Ford*
R404. L'Orange amère, *par Didier van Cauwelaert*
R405. Tara, *par Michel del Castillo*
R406. L'Homme à la vie inexplicable, *par Henri Gougaud*
R407. Le Beau Rôle, *par Louis Gardel*
R408. Le Messie de Stockholm, *par Cynthia Ozick*
R409. Les Exagérés, *par Jean- François Vilar*
R410. L'Objet du scandale, *par Robertson Davies*
R411. Berlin mercredi, *par François Weyergans*
R412. L'Inondation, *par Evguéni Zamiatine*
R413. Rentrez chez vous Bogner !, *par Heinrich Böll*
R414. Les Herbes amères, *par Chochana Boukhobza*
R415. Le Pianiste, *par Manuel Vázquez Montalbán*
R416. Une mort secrète, *par Richard Ford*
R417. La Journée d'un scrutateur, *par Italo Calvino*
R418. Collection de sable, *par Italo Calvino*
R419. Les Soleils des indépendances, *par Ahmadou Kourouma*
R420. Lacenaire (un film de Francis Girod) *par Georges Conchon*
R421. Œuvres pré-posthumes, *par Robert Musil*
R422. Merlin, *par Michel Rio*
R423. Charité, *par Éric Jourdan*
R424. Le Visiteur, *par György Konrad*

R425. Monsieur Adrien, *par Franz-Olivier Giesbert*
R426. Palinure de Mexico, *par Fernando Del Paso*
R427. L'Amour du prochain, *par Hugo Claus*
R428. L'Oublié, *par Elie Wiesel*
R429. Temps zéro, *par Italo Calvino*
R430. Les Comptoirs du Sud, *par Philippe Doumenc*
R431. Le Jeu des décapitations, *par Jose Lezama Lima*
R432. Tableaux d'une ex, *par Jean-Luc Benoziglio*
R433. Les Effrois de la glace et des ténèbres *par Christoph Ransmayr*
R434. Paris-Athènes, *par Vassilis Alexakis*
R435. La Porte de Brandebourg, *par Anita Brookner*
R436. Le Jardin à la dérive, *par Ida Fink*
R437. Malina, *par Ingeborg Bachmann*
R438. Moi, laminaire, *par Aimé Césaire*
R439. Histoire d'un idiot racontée par lui-même *par Félix de Azúa*
R440. La Résurrection des morts, *par Scott Spencer*
R441. La Caverne, *par Eugène Zamiatine*
R442. Le Manticore, *par Robertson Davies*
R443. Perdre, *par Pierre Mertens*
R444. La Rébellion, *par Joseph Roth*
R445. D'amour P. Q., *par Jacques Godbout*
R446. Un oiseau brûlé vif, *par Agustin Gomez-Arcos*
R447. Le Blues de Buddy Bolden, *par Michael Ondaatje*
R448. Étrange séduction (Un bonheur de rencontre) *par Ian McEwan*
R449. La Diable, *par Fay Weldon*
R450. L'Envie, *par Iouri Olecha*
R451. La Maison du Mesnil, *par Maurice Genevoix*
R452. La Joyeuse Bande d'Atzavara *par Manuel Vázquez Montalbán*
R453. Le Photographe et ses Modèles, *par John Hawkes*
R454. Rendez-vous sur la terre, *par Bertrand Visage*
R455. Les Aventures singulières du soldat Ivan Tchonkine *par Vladimir Voïnovitch*
R456. Départements et Territoires d'outre-mort *par Henri Gougaud*
R457. Vendredi des douleurs, *par Miguel Angel Asturias*
R458. L'Avortement, *par Richard Brautigan*
R459. Histoire du ciel, *par Jean Cayrol*
R460. Une prière pour Owen, *par John Irving*
R461. L'Orgie, la Neige, *par Patrick Grainville*

R462. Le Tueur et son ombre, *par Herbert Lieberman*
R463. Les Grosses Rêveuses, *par Paul Fournel*
R464. Un week-end dans le Michigan, *par Richard Ford*
R465. Les Marches du palais, *par David Shahar*
R466. Les hommes cruels ne courent pas les rues
par Katherine Pancol
R467. La Vie exagérée de Martín Romaña
par Alfredo Bryce-Echenique
R468. Les Étoiles du Sud, *par Julien Green*
R469. Aventures, *par Italo Calvino*
R470. Jour de silence à Tanger, *par Tahar Ben Jelloun*
R471. Sous le soleil jaguar, *par Italo Calvino*
R472. Les cyprès meurent en Italie, *par Michel del Castillo*
R473. Kilomètre zéro, *par Thomas Sanchez*
R474. Singulières Jeunes Filles, *par Henry James*
R475. Franny et Zooey, *par J. D. Salinger*
R476. Vaulascar, *par Michel Braudeau*
R477. La Vérité sur l'affaire Savolta, *par Eduardo Mendoza*
R478. Les Visiteurs du crépuscule, *par Eric Ambler*
R479. L'Ancienne Comédie, *par Jean-Claude Guillebaud*
R480. La Chasse au lézard, *par William Boyd*
R481. Les Yaquils, *suivi de* Ile déserte, *par Emmanuel Roblès*
R482. Proses éparses, *par Robert Musil*
R483. Le Loum, *par René-Victor Pilhes*
R484. La Fascination de l'étang, *par Virginia Woolf*
R485. Journaux de jeunesse, *par Rainer Maria Rilke*
R486. Tirano Banderas, *par Ramón del Valle-Inclán*
R487. Une trop bruyante solitude, *par Bohumil Hrabal*
R488. En attendant les barbares, *par J. M. Coetzee*
R489. Les Hauts-Quartiers, *par Paul Gadenne*
R490. Je lègue mon âme au diable
par Germán Castro Caycedo
R491. Le Monde des merveilles, *par Robertson Davies*
R492. Louve basse, *par Denis Roche*
R493. La Couleur du destin
par Carlo Fruttero et Franco Lucentini
R494. Poupée blonde
par Patrick Modiano, dessins de Pierre Le-Tan
R495. La Mort de Lohengrin, *par Heinrich Böll*
R496. L'Aïeul, *par Aris Fakinos*
R497. Le Héros des femmes, *par Adolfo Bioy Casares*
R498. 1492. Les Aventures de Juan Cabezón de Castille
par Homero Aridjis

R499. L'Angoisse du tigre, *par Jean-Marc Roberts*
R500. Les Yeux baissés, *par Tahar Ben Jelloun*
R501. L'Innocent, *par Ian McEwan*
R502. Les Passagers du Roissy-Express
par François Maspero
R503. Adieu à Berlin, *par Christopher Isherwood*
R504. Remèdes désespérés, *par Thomas Hardy*
R505. Le Larron qui ne croyait pas au ciel
par Miguel Angel Asturias
R506. Madame de Mauves, *par Henry James*
R507. L'Année de la mort de Ricardo Reis
par José Saramago
R508. Abattoir 5, *par Kurt Vonnegut*
R509. Comme je l'entends, *par John Cowper Powys*
R510. Madrapour, *par Robert Merle*
R511. Ménage à quatre, *par Manuel Vázquez Montalbán*
R512. Tremblement de cœur, *par Denise Bombardier*
R513. Monnè, Outrages et Défis, *par Ahmadou Kourouma*
R514. L'Ultime Alliance, *par Pierre Billon*
R515. Le Café des fous, *par Felipe Alfau*
R516. Morphine, *par Mikhaïl Boulgakov*
R517. Le Fou du tzar, *par Jaan Kross*
R518. Wolf et Doris, *par Martin Walser*
R519. La Course au mouton sauvage, *par Haruki Murakami*
R520. Adios Schéhérazade, *par Donald Westlake*
R521. Les Feux du Bengale, *par Amitav Ghosh*
R522. La Spéculation immobilière, *par Italo Calvino*
R523. L'homme qui parlait d'Octavia de Cadix
par Alfredo Bryce-Echenique
R524. V., *par Thomas Pynchon*
R525. Les Anges rebelles, *par Robertson Davies*
R526. Nouveaux Contes de Bustos Domecq
par Jorge Luis Borges et Adolfo Bioy Casares
R527. Josepha, *par Christopher Frank*
R528. L'Amour sorcier, *par Louise Erdrich*
R529. L'Europe mordue par un chien, *par Christophe Donner*
R530. Les hommes qui ont aimé Evelyn Cotton
par Frank Ronan
R531. Agadir, *par Mohammed Khaïr-Eddine*
R532. Brigitta, *par Adalbert Stifter*
R533. Lune de miel et d'or, *par David Shahar*
R534. Histoires de vertige, *par Julien Green*
R535. Voyage en France, *par Henry James*

R536. La Femme de chambre du Titanic, *par Didier Decoin*
R537. Le Grand Partir, *par Henri Gougaud*
R538. La Boîte noire, *par Jean-Luc Benoziglio*
R539. Le Prochain sur la liste, *par Dan Greenburg*
R540. Topkapi, *par Eric Ambler*
R541. Hôtel du lac, *par Anita Brookner*
R542. L'Aimé, *par Axel Gauvin*
R543. Vends maison, où je ne veux plus vivre
par Bohumil Hrabal
R544. Enquête sous la neige, *par Michael Malone*
R545. Sérénissime, *par Frédéric Vitoux*
R546. Fleurs de ruine, *par Patrick Modiano*
R547. Les Girls du City-Boum-Boum, *par Vassilis Alexakis*
R548. Les Rives du fleuve Bleu, *par Emmanuel Roblès*
R549. Le Complexe polonais, *par Tadeusz Konwicki*
R550. La Patte du scarabée, *par John Hawkes*
R551. Sale Histoire, *par Eric Ambler*
R552. Le Silence des pierres, *par Michel del Castillo*
R553. Une rencontre en Westphalie, *par Günter Grass*
R554. Ludo & Compagnie, *par Patrick Lapeyre*
R555. Les Calendes grecques, *par Dan Franck*
R556. Chaque homme dans sa nuit, *par Julien Green*
R557. Nous sommes au regret de..., *par Dino Buzzati*
R558. La Bête dans la jungle, *par Henry James*
R559. Nouvelles démesurées, *par Adolfo Bioy Casares*
R560. Sylvie et Bruno, *par Lewis Carroll*
R561. L'Homme de Kiev, *par Bernard Malamud*
R562. Le Brochet, *par Eric Ambler*
R563. Mon valet et moi, *par Hervé Guibert*
R564. Les Européens, *par Henry James*
R565. Le Royaume enchanté de l'amour, *par Max Brod*
R566. Le Fou noir *suivi de* Le poing fermé, *par Arrigo Boito*
R567. La Fin d'une époque, *par Evelyn Waugh*
R568. Franza, *par Ingeborg Bachmann*
R569. Les Noces dans la maison, *par Bohumil Hrabal*
R570. Journal, *par Jean-René Huguenin*
R571. Une saison ardente, *par Richard Ford*
R572. Le Dernier Été des Indiens, *par Robert Lalonde*
R573. Beatus Ille, *par Antonio Muñoz Molina*
R574. Les Révoltés de la « Bounty »
par Charles Nordhoff et James Norman Hall
R575. L'Expédition, *par Henri Gougaud*
R576. La Loi du capitaine, *par Mike Nicol*

R577. La Séparation, *par Dan Franck*
R578. Voyage autour de mon crâne, *par Frigyes Karinthy*
R579. Monsieur Pinocchio, *par Jean-Marc Roberts*
R580. Les Feux, *par Raymond Carver*
R581. Mémoires d'un vieux crocodile
par Tennessee Williams
R582. Patty Diphusa, la Vénus des lavabos
par Pedro Almodóvar
R583. Le Voyage de Hölderlin en France
par Jacques-Pierre Amette
R584. Les Noms, *par Don DeLillo*
R585. Le Châle, *par Cynthia Ozick*
R586. Contes d'amour de folie et de mort
par Horacio Quiroga
R587. Liberté pour les ours !, *par John Irving*
R588. Mr. Stone, *par V. S. Naipaul*
R589. Loin de la troupe, *par Heinrich Böll*
R590. Dieu et nous seuls pouvons, *par Michel Folco*
R591. La Route de San Giovanni, *par Italo Calvino*
R592. En la forêt de longue attente, *par Hella S. Haasse*
R593. Lewis Percy, *par Anita Brookner*
R594. L'Affaire D., *par Charles Dickens*
Carlo Fruttero et Franco Lucentini
R595. La Pianiste, *par Elfriede Jelinek*
R596. Un air de famille, *par Michael Ondaatje*
R597. L'Ile enchantée, *par Eduardo Mendoza*
R598. Vineland, *par Thomas Pynchon*
R599. Jolie, la fille !, *par André Dubus*
R600. Le Troisième Mensonge, *par Agota Kristof*
R601. American Psycho, *par Bret Easton Ellis*
R602. Le Déménagement, *par Jean Cayrol*
R603. Arrêt de jeu, *par Dan Kavanagh*
R604. Brazzaville Plage, *par William Boyd*
R605. La Belle Affaire, *par T. C. Boyle*
R606. La Rivière du sixième jour, *par Norman Maclean*
R607. Le Tarbouche, *par Robert Solé*
R608. Leurs mains sont bleues, *par Paul Bowles*
R609. Une femme en soi, *par Michel del Castillo*
R610. Le Parapluie jaune, *par Elsa Lewin*
R611. L'Amateur, *par André Balland*
R612. Le Suspect, *par L. R. Wright*
R613. Le Tueur des abattoirs
par Manuel Vázquez Montalbán

R614. Mémoires du Capitán Alonso de Contreras
par Alonso de Contreras
R615. Colère, *par Patrick Grainville*
R616. Le Livre de John, *par Michel Braudeau*
R617. Faux Pas, *par Michel Rio*
R618. Quelqu'unbis est mort, *par Jean-Luc Benoziglio*
R619. La Vie quelque part, *par Anita Brookner*
R620. Iblis ou la Défroque du serpent
par Armande Gobry-Valle
R621. Fin de mission, *par Heinrich Böll*
R622. Les Mains vides, *par Maurice Genevoix*
R623. Un amour de chat, *par Frédéric Vitoux*
R624. Johnny s'en va-t-en guerre, *par Dalton Trumbo*
R625. La Remontée des cendres, *par Tahar Ben Jelloun*
R626. L'Enfant chargé de songes, *par Anne Hébert*
R627. L'Homme sans postérité, *par Adalbert Stifter*
R628. La Terre et le Sang, *par Mouloud Feraoun*
R629. Le Cimetière des fous, *par Dan Franck*
R630. Cytomégalovirus, *par Hervé Guibert*
R631. La Maison Pouchkine, *par Andreï Bitov*
R632. La Mémoire brûlée, *par Jean-Noël Pancrazi*
R633. Le taxi mène l'enquête, *par Sam Reaves*
R634. Les Sept Fous, *par Roberto Arlt*
R635. La Colline rouge, *par France Huser*
R636. Les Athlètes dans leur tête, *par Paul Fournel*
R637. San Camilo 1936, *par Camilo José Cela*
R638. Galíndez, *par Manuel Vázquez Montalbán*
R639. China Lake, *par Anthony Hyde*
R640. Tlacuilo, *par Michel Rio*
R641. L'Élève, *par Henry James*
R642. Aden, *par Anne-Marie Garat*
R643. L'Ange aveugle, *par Tahar Ben Jelloun*
R644. Dis-moi qui tuer, *par V. S. Naipaul*
R645. L'Arbre d'amour et de sagesse
par Henri Gougaud
R646. L'Étrange Histoire de Sir Hugo et de son valet Fledge
par Patrick McGrath
R647. L'Herbe des ruines, *par Emmanuel Roblès*
R648. La Première Femme, *par Nedim Gürsel*
R649. Les Exclus, *par Elfriede Jelinek*
R650. Providence, *par Anita Brookner*
R651. Les Nouvelles Mille et Une Nuits, vol. 1
par Robert Louis Stevenson

R652. Les Nouvelles Mille et Une Nuits, vol. 2
par Robert Louis Stevenson
R653. Les Nouvelles Mille et Une Nuits, vol. 3
par Robert Louis Stevenson
R654. 1492. Mémoires du Nouveau Monde
par Homero Aridjis
R655. Lettres à Doubenka, *par Bohumil Hrabal*
R656. Le Vieux qui lisait des romans d'amour
par Luis Sepúlveda
R657. Cassandra, *par John Hawkes*
R658. La Fin des temps, *par Haruki Murakami*
R659. Mémoires d'un nomade, *par Paul Bowles*
R660. La Femme du boucher, *par Li Ang*
R661. Anaconda, *par Horacio Quiroga*
R662. Le Polygone étoilé, *par Kateb Yacine*
R663. Je ferai comme si je n'étais pas là
par Christopher Frank
R664. Le Divin Enfant, *par Pascal Bruckner*
R665. Un homme remarquable, *par Robertson Davies*
R666. Une sécheresse à Paris, *par Alain Chany*
R667. Charles et Camille, *par Frédéric Vitoux*
R668. Les Quatre Fils du Dr March, *par Brigitte Aubert*
R669. 33 Jours, *par Léon Werth*
R670. La Mort à Veracruz, *par Héctor Aguilar Camín*
R671. Le Bâtard de Palerme, *par Luigi Natoli*
R672. L'Ile du lézard vert, *par Eduardo Manet*
R673. Juges et Assassins, *par Michael Malone*
R674. L'Enfant de Port-Royal, *par Rose Vincent*
R675. Amour et Ordures, *par Ivan Klíma*
R676. Rue de la Cloche, *par Serge Quadruppani*
R677. Les Dunes de Tottori, *par Kyotaro Nishimura*
R678. Lucioles, *par Shiva Naipaul*
R679. Tout fout le camp !, *par Dan Kavanagh*
R680. Les Sept Solitudes de Lorsa Lopez
par Sony Labou Tansi
R681. Le Bout du rouleau, *par Richard Ford*
R682. Hygiène de l'assassin, *par Amélie Nothomb*
R683. Le Crime des pères, *par Michel del Castillo*
R684. Les Adieux, *par Dan Franck*
R685. Vu de l'extérieur, *par Katherine Pancol*
R686. Annam, *par Christophe Bataille*
R687. L'Homme de la passerelle
par Isabelle Jarry